COBALT-SERIES

商人《あきんど》令嬢と猫かぶり王子

結婚?　興味ありません

秋杜フユ

JN178029

集英社

Contents
目次

商人《あきんど》令嬢と猫かぶり王子

結婚？　興味ありません

ミレイア・アスコート
貴族の生まれでありながら、
商才もある令嬢。
周囲からは、結婚を
度々勧められているものの
興味が持てないでいた。
明るく、正しく、しっかり者。
イグナシオ・ディ・アレサンドリ
街で出会った天使のように美しい少年。
実はアレサンドリ神国の第二王子。
つまりエミディオの弟。兄以上の腹黒ぶりに、
分かってはいてもミレイアは翻弄されて……!?

The Characters
登場人物紹介

エミディオ・ディ・アレサンドリ
言わずと知れた元祖・腹黒王子。妻のビオレッタは懐妊中。見目麗しさに反して、真っ黒け。

ホセップ・バートレイ
バートレイ商会の頭目。ミレイアの商才を見込んで、拠点長に任命する。大切なお嬢さんをお預かりしているという使命感もあり。

ホルディ
ミレイアの元・婚約者。色々と詰めの甘い、伯爵家の当主。

ロサ
ホルディの妻。パン屋から伯爵家に嫁ぐ。華やかな美人。

スハイツ
ミレイア、腹心の部下。非常に有能で、ミレイアを全力で守ろうとしてくれる。

イラスト／サカノ景子

商人《あきんど》令嬢と猫かぶり王子

結婚？ 興味ありません

第一章　商人の心得その一、第一印象で判断するべからず！

「まぁ～た、今回も……ものすごい数を揃《そろ》えましたねぇ」

ローテーブルの上にこれでもかと積みあがった冊子《さっし》を見て、ミレイア・アスコートはトパーズに似た深い黄色の瞳を瞬かせた。眉《まゆ》を下げてこてんと首を傾《かし》げれば、ハーフアップにした赤茶色のすべらかな髪が揺れる。

うずたかい山を崩さないよう、一番上の冊子を慎重にとって開いた。二つ折りにされた冊子の片面には凜々《りり》しい男性の姿絵が、そしてもう一方には釣書《つりがき》が記入してある。

山となった冊子は、すべて見合いの申し込みだった。

「うわぁ～。見目麗《みめうるわ》しい方ですねぇ」

どことなくやる気がなく、感情のこもっていない平坦な声で感嘆《かんたん》するミレイアへ、冊子を用意した人物――ホセップ・バートレイは満足そうに大きくうなずいた。

無造作《むぞうさ》にひとくくりにした豊かな黒髪に、太い眉。丸太程度なら軽々と持ち上げられそうなたくましい体軀《たいく》と、鋭い眼光。一見、山賊《さんぞく》のようにも思える彼は、アスコート領を本拠地に活動する実業家である。

そして、婚約者の浮気の末、結婚適齢期ど真ん中で婚約解消されてしまったミレイアを、バートレイ商会へ雇い入れてくれた大恩人だった。

「見た目だけじゃねぇぞ。ちゃんと身元も職もしっかりした奴らばかりだ」

「おおぉ〜、この方ってば伯爵家の方ですか。こっちは貿易商の跡取り息子？　こんなすごい人達との縁談、よく持ってこれますね。さすが頭目《とうもく》。人脈が広い！」

「そうだろうそうだろう。俺の人脈を総動員してあるからな。どうだ？　良さそうなやつはいたか？　ひとりでもいくらでもいい。気になるやつがいたらとりあえず会ってみてくれ」

「ん〜、いません」

「いねぇのかよ！」

たまらずホセップが吠えた。

「おいおいおい、いったいこいつらのなにが気に入らないんだよ」

「べつにこの方々に不満があるわけではないですよ。皆さん私にはもったいないくらいにすてきな方たちだと思います」

「だったらどうして会わないんだ！」

「結婚する気がないからです。結婚って、必要なんですか？」

ミレイアの問いに、ホセップは「は？」と口をぽかんと開けて固まった。

「アスコート家の令嬢として生きていた頃は、女性は家をもり立てるものと思っていました。だからこそ、頭目や他の方々のもとで勉強しようと思ったんですけど」

「うん。普通の令嬢ならそこで商《あきな》いを学ぼうとは思わないんだけどな」

ホセップの思わずといったつっこみは、幸か不幸かミレイアの耳には届いていない。

「でも、ブラニク家との婚約が白紙となって、家に迷惑をかけるわけにもいかないと自立を目指して頑張っていたら、思ったんです」

「なんて思ったんだ」

「楽だな、と」

「楽かよ！」

「だって、生活するための資金は自分で稼《かせ》げるし、なにを買うときも誰かに伺《うかが》いを立てる必要もないんですよ」

ミレイアの生家であるアスコート家は、広い領地を最大限に利用した農業や畜産《ちくさん》を主な産業としており、食うには困らない。だが、自然を相手にしているため不作の年などは領民の生活保障をせねばならなかった。それゆえ、一定の貯蓄が必要となり、常に質素倹約《しっそけんやく》を心がけねばならない。

貴族令嬢として生きていた頃は、領民のため、家のため、利になる結婚ができればいいと思っていた。それこそが、貴族令嬢に生まれた自分の役目だと。

だが、自分ひとりで生きていくすべを身につけ、領民との新しい関わり方を見つけたいま、結婚そのものに必要性が感じられなくなった。

「せっかく充実感を持って仕事ができているというのに、結婚して家庭に入るなんてもったいないと思いませんか？　国内外を飛び回ることもできないんですよ」

ホセップは言葉に詰まって視線を泳がせた。おそらくは、ミレイアの意見に同意なのだろう。彼は仕事に関してえこひいきはしない。商人として雇い入れられてからのミレイアの努力と実力を認めてくれたからこそ、いま現在、交易拠点を任せてくれているのだ。

押し黙ったまま、眉を寄せたり持ち上げたりして視線をぐるぐるまわしたかと思えば、唇をとがらせたりへの字に曲げたり……。黙々と百面相を繰り広げていたホセップは、考えることに疲れたのか「うあああぁぁ……」という情けない声とともに頭をかきむしった。

「お前のご両親になんて言えばいいんだよ！　俺はよう、大切なお嬢さんを預かるものとして、ご両親を安心させなくちゃならないんだぞ」

「商人として、立派に交易拠点を切り盛りしている、と伝えておいてください。では、私は昼食がてら市場調査しつつ帰りますね。失礼いたしました」

盛大に愚痴《ぐち》をこぼしながら思い悩むホセップへ、ミレイアは深々と頭を下げてから執務室を辞す。廊下《ろうか》へ出ると、ホセップの奥方が待ち構えていた。

「ミレイアちゃん、お話、終わったの？」

こてんと首を傾げてはんなり笑う。お人形遊びでも始めそうなおっとり具合だが、油断してはならない。

「これだけ早く終わるということは、やっぱりお見合いは断ったのね」

ポヤポヤしているようで鋭い。それがリリアン・バートレイという女性だった。

すでに結婚して子供も育て終えている彼女に、結婚の必要性がわからない、なんて言ってしまっていいものか。答えに窮《きゅう》していると、ミレイアの顔をじっと観察していたリリアンは、口元に手を添えて「うふ」と微笑《ほほえ》んだ。

「ミレイアちゃんはいま、仕事が楽しくて仕方がないときだから。結婚して束縛《そくばく》されたくないって思っちゃうんでしょう」

まさにその通りで、ミレイアは面食らった。ぱちぱちと瞬きを繰り返していると、なにかに納得したのか、リリアンはゆったりとうなずいた。

「ミレイアちゃんが結婚しないのはね、あなたにぴったりな人が現れていないからよ。ご縁のある人が現れたら、きっとあれよあれよという間に話がまとまるわ。それが運命というものだから」

ご縁、とは、商いをする人間が誰しも大切にする言葉だ。

この世はご縁で結ばれている。どんなに欲しいと思い、金を積み上げても、ご縁がなければ仕入れられない。その逆で、あきらめていたものがひょっこり手に入ることもある。人と人のご縁が、さらなるご縁を運んでくることも知っている。

「人生に、無駄なことなんてないのよ。だって、どれがどの縁に繋《つな》がっているのかなんて、私たちにはわからないでしょう？　あなたはあなたの思うままに進めばいいの。ご縁があれば、向こうから勝手に近づいてくるから」

どんな相手となら結婚したいと思えるのか、自分でもわからないというのに、本当にそんな相手が現れるのだろうか。

疑問に思ったものの、リリアンが大丈夫というと本当にそんな気がするから不思議だ。さすが、あのホセップをしっかり尻に敷き込んでいるだけある。

思わず顔がほころんで、ミレイアは自分が投げやりな気分だったことに気づいた。だからこそ、リリアンはこんな話をしたのかも知れない。

彼女の女性らしい気遣いに感心しながら、ミレイアはホセップの屋敷を後にしたのだった。

お気に入りの食堂で昼食を平らげたミレイアは、その足で街の商業区へと向かった。

とにかく広い領地が自慢のアスコート領では、どれだけ栄えた街であろうと空にそびえたつような背の高い建造物はない。あるのは一軒家のみだ。それはアスコート領で一番栄えているアルモデの街でも変わらなかった。

商業区の建造物にいたっては、人が暮らす機能すら備えていない店舗《てんぽ》専用の一軒家が並んでおり、それらはアスコート家の所有物で、店を持ちたい者たちへ安価で貸し出していた。開業しやすい分、入れ替わりも激しいのだが、独自の仕入れ方法でこだわりの商品を取り扱う店ばかりなので、何度来ても飽《あ》きない。

ホセップには市場調査と伝えたが、実態はただ買い物したいだけだった。思う存分買い物を楽しむために、自分がアスコート家の令嬢であるとか、バートレイ商会の幹部であることがわからないよう、わざわざ質素な服を着るという用意周到さである。

ただ、買い物といっても、ほとんどが窓から店内をのぞいてまわる程度だ。アスコート家の質素倹約精神は、自力でお金を稼ぐようになったからといって変わることはなかった。それでも、こうやって自分の好きな時に自分の好きなものを手に入れられる自由は、商人となったいまだからこそ手にできている。つくづく、元婚約者――ホルディには感謝しかない。

彼との婚約がなければ、ミレイアが領内の実業家のもとで経済、経営、商いのなんたるかを学ぶこともなかった。そして、あの婚約解消がなければ、バートレイ商会の幹部として交易拠点を切り盛りすることもなかっただろう。

『ミレイア、すまない。君との婚約を白紙に戻してほしいんだ』

一年前の、あの突然の婚約解消宣言は、いまにして思えば解放宣言だった。

アレサンドリ神国の端に領地をもつアスコート家。子爵位をもつ彼の家で生を享《う》けたミレイアは、農業を主な産業とするアスコート家らしい、純朴《じゅんぼく》な令嬢だった。

そんな彼女が交易拠点を切り盛りする立派な商人となったきっかけは、隣の領地を治めるブラニク家の長男ホルディとの婚約と、突然の破談だった。

ホルディが婚約解消を願い出たのは、花の香りが心地いい春。ミレイアが半年後の結婚式に向けた準備に追われていた時期だった。

婚約して以来あまりアスコート家へ寄りつこうとしなかったホルディが、珍しく訪れたかと思えば、まさかの婚約解消宣言である。

「理由をお聞きしてもよろしいでしょうか？」

今後のことを考えるためにもきちんと事情を聞きだそうと、ミレイアはことさら優しい声音《こわね》で問いかけた。しかし、ホルディは答えるでもなく気まずそうに視線をうつむけた。

「私のなにかが気に入らなかったのでしょうか」

「ち、ちがっ……君が悪いのではなくて……」

はっと顔を上げて言いかけたものの、言葉に詰まってうつむいてしまう。その態度を見て、ミレイアはひとつの可能性に思い至った。

「……他に、好きな方ができたのですね」

あえて言い切ってみせると、ホルディははじかれたように顔を上げた。

「悪いのは僕なんだっ……ロサには手を出さないでくれ！」

お相手の女性はロサというらしい。

血の気の失せた顔で、先ほどまで言いよどんでいたのが嘘のようにホルディは声を荒げた。まるで責めたてるような雰囲気《ふんいき》だが、その権利があるのはこちらである。

というか、彼はミレイアのことを相手方の女性に危害を加える最低人間だとでも思っていたのだろうか。失礼にもほどがある。

ミレイアは思わずため息をついた。

「婚約解消について、あなたのお父様はご存じなのですか？　私たちの婚約はアスコート家とブラニク家が共同で事業を進めるために結ばれたもの。私たちの婚約が解消されるということは、それについても見直すということです」

ブラニク家が治める領地の主な産業は、高い製鉄技術をもとにした武器生産だ。しかし昨今、大きな戦《いくさ》もなく平和な時代が続いているため、武器の需要《じゅよう》が減り、領内の収入が落ち込んでいる。しかし、土地を治めるために必要な支出は変わらない。ゆえに、ホルディの父であるブラニク伯爵はつねにお金の工面《くめん》に奔走《ほんそう》していた。

ブラニク伯爵がアスコート家を訪れたのも、借金の依頼だった。必死な彼に、ミレイアの父であるアスコート子爵は提案した。武器が売れないなら、農具を作ってみればどうかと。

「ブラニク領で生産した農具を、アスコート領の農家が使用する、だよね」

「そうです。ブラニク家は武器以外の収入源を確立でき、我がアスコート家は武器に使われる良質な鉄で作られた農具が手に入る」

まさに双方にとってうまい話だった。

「でも、それは……僕たちが必ずしも結婚する必要はないはずだ。両家の協力は領主同士ですでに決定している。あとは領内で商売をする実業家たちが事業を進めていけばいい」

「万が一、我がアスコート家とブラニク家の間に亀裂が生じたら……どうするのですか？」

そう、まさに、いまがそのときだ。

父であるアスコート子爵は、人の親らしくミレイアのことを大切に思ってくれている。貴族ゆえに政略結婚となってしまったが、娘の幸せをいつも願っていた。それを、他に好きな人ができたというなんとも不義理な理由でホルディは解消しようというのだ。

娘を虚仮《こけ》にされて腹を立てぬ親などいない。

「私たちの婚約は〝保険〟だったのです。領主間での協定では気まぐれに破棄《はき》される可能性が残ってしまう。そんなことは起こらないと、両家の絆《きずな》は揺るがないと実務を担《にな》う実業家たちへ示すために、私たちの婚姻が必要だったのです」

婚姻という保険もなくなり、ホルディの不義理のせいで両家に亀裂が生じようとしている。これまで進めてきた事業が水の泡《あわ》になってもおかしくない、危機的状況だ。

「どうして、いまさらになってこんなことを言い出すのですか？　婚約解消を望むというのなら、もっと早い時期に切り出すべきでしょう」

結婚式を半年後に控え、すでに準備に取り掛かっている。だが、それだけではない。

ここ数年領地の収入が芳《かんば》しくないブラニク家へ嫁《とつ》ぐと決まってから、ミレイアは彼の家を盛り立てる一助になればと、アスコート領を拠点にする実業家たちのもとへ師事するようになった。

十五歳で婚約が決まってから二年。一日と欠かすことなく実業家たちのもとを訪ね、ときには彼らの仕入れ旅にも同行しながら、商品の目利《めき》きや交渉術を学び、国内の主な産業とその生産地だけでなく、他国の特産品から貿易ルートまで記憶する、立派な商人となっていた。

これもすべて、嫁ぎ先であるブラニク家を想っての努力だったのに――

「僕はロサの、居場所になりたいんだ。男手ひとつで育ててくれた父親を亡くし、天涯孤独《てんがいこどく》となってしまった彼女を、守りたい。君は僕なんて必要としていないでしょう？　だって、ひとりでなんでもできるのだから」

ミレイアの中で、なにかが割れるような音がした。

それはホルディと歩む未来への淡い夢が壊れた音か、はたまた、堪忍袋の緒が切れる音だったのか。

どちらにせよ、ミレイアは思う。

もういい、と。

「わかりました。私から父へ話を通しておきましょう」

淡々とした声で告げると、ホルディはあからさまにほっとした顔を浮かべた。どうせミレイアが渋るとでも思っていたのだろう。考えていることがすべて表情に表れるというのは貴族としていかがなものかと思うも、いまさら心配する義理もないと無視した。

「ただし、私が父に伝えるのはあなたから婚約解消の打診《だしん》があったこと、そして私自身にも婚約を継続する気持ちがないということだけです。今後のことは、ご自分が父とよく話し合ってください」

きっと両家の協力関係の終了か、多額の慰謝料を払わされることになるだろう。

もともと、両家の協力を必要としていたのはブラニク家の方だ。アスコート家は手を差し伸べただけだから、このまま繋がりがなくなったところでなんの痛手もない。これまで通り土を耕《たがや》し、自然とともに生きていけばいい。

「それでは、私はさっそく父に事の次第を伝えて参ります。ごきげんよう」

リリアンから教わった『有無を言わせず交渉を強制終了する笑み』を浮かべ、ミレイアはホルディを放置してさっさと部屋を後にした。

その後、父のもとへ報告に行ったミレイアは、すでに執事からホルディの婚約解消宣言を聞いていたこともあり、とくに騒ぐでもなく淡々と事を進めた。

ミレイアの予想通り、ブラニク伯爵は息子の暴挙を知らなかったようで、事実を知るなりアスコート家へ飛んできて婚約の継続を切に願った。しかし、どれだけ謝られようとも、他に好きな女ができたとのたまい、ミレイアの努力を蹴《け》り飛ばすような男に娘は渡せないと、両親は首を縦に振らなかった。

晴れて婚約解消したミレイアだったが、そのころすでに十八歳を間近に控えていた。貴族令嬢は二十《はた》歳《ち》までに結婚しないと行き遅れとみなされ、結婚がぐっと難しくなる。しかし、新しい相手を見繕《みつくろ》おうにも、食うには困らずとも決して裕福ではないアスコート家に、そうそう縁談話も舞い込まないのが現実だ。

ならばいっそのこと、アスコート家から飛び出してみたらどうだろう。

ホルディのせいで二年間の努力が全《まった》くの無駄になってしまったが、手にした技術が消えることはない。このまま実業家の誰かに雇ってもらえないだろうか。

『商《あきな》いの勉強をしたいと言い出したときはいつまで続くかと疑っておりましたが、お嬢の商才には驚かされます。このまま商人として独《ひと》り立《だ》ちも夢ではないでしょうに。こうなると、貴族令嬢であることが悔《く》やまれますねぇ』

いつぞやの実業家の言葉が頭に浮かぶ。他に、商人の嫁としても引く手あまただろうと言われたこともある。ただのお世辞《せじ》という可能性もなくはないが、貴族社会に残るよりも、良縁を見つけられる可能性は高いはずだ。

「お父様、私、商人になります」

「…………え!?　ミレイア、それはいったい――」

「このままでは私が行き遅れになる可能性が高い。ずるずると領地に留まってお父様やお兄様にご迷惑をかけるくらいなら、家を出て自立したほうが建設的でしょう。幸い、私にはこの二年で培《つちか》った商人としての技術があります」

そうと決まれば善は急げだ、とばかりに、ミレイアは動き出した。師事した実業家たちへ自らを雇ってもらえないかと打診《だしん》し、いの一番に手をあげてくれたホセップのところへ身を寄せることに決めた。

話が本格的に動き出したところで、ずっとまごついていたアスコート子爵が渋った。娘を手元から離したくないと言い出したのだ。これにはミレイアも頭を抱えたが、ホセップが言葉巧《たく》みに説得した。

「お父様を説得していただき、ありがとうございます。まさか、頭目《とうもく》がそこまでしてくださるとは思っておりませんでした」

思いの外《ほか》協力的だったホセップに礼を言うと、彼は顎《あご》回りを飾る無精《ぶしょう》ひげを撫《な》でさすりながらこう答えた。

「いやぁ〜、ちょっとやそっと問題が生じても、すぐに損きりして方針転換を図るところがな、商魂《しょうこん》たくましいと感心したんだよ。お前はあれだな。貴族令嬢じゃなくて、立派な商人《あきんど》令嬢だな」

褒《ほ》めているのかけなしているのかいまいち判断がつかない答えだったが、ミレイアは満足している。アスコート領で一番の成功者であるホセップが、ミレイアを立派な商人と評し、手元に置きたいと言ってくれたのだから。

同じ大きさの商店ばかりが整然と並ぶ道を通り抜けると、ミレイアの視界に、先ほどとは正反対の雑多な景色が飛びこんでくる。光の神をまつる教会の正面に四角く広がる広場には、所狭しと出店が並んでいた。

ある程度の身元保証とわずかな出店料さえ払えば、誰でも店を構えられるこの市場には、昔から商いをする老舗《しにせ》の他に、通りすがりの行商人も店を構えている。

行商人というものは、まずは王都をはじめとした都会から売り歩いていくものである。つまり、アスコート領のようなドがつく田舎《いなか》へたどり着くころには、品数はぐんと減っていた。しかし、運んでいる行商人は変わらない。様々な場所を渡り歩く彼らから得る情報はとても有用だった。

行商人の出店をのぞいてまわり、持ち運びの邪魔にならない程度にちょこちょこと商品を買いながら、雑談の中で情報を聞き出していく。広場を歩き回ってめぼしい出店を見て回り、これ以上荷物を増やすと身動きがとれなくなるな、と思ったそのときだった。

「きれいな坊や、お使いかい？　よかったらよっていきなよ。せっかくだからお母さんに宝石のひとつでも買っていってやり。ほら、これなんてどうだい。ヴォワールでとれた宝石さ。安くしておくよ」

ヴォワールでとれた宝石――その言葉が気になって、屋敷へ帰ろうとしていたミレイアは、背後を振り返った。

天使がいる――冗談ではなく、本気で思った。

職人が丁寧《ていねい》に紡《つむ》いだ絹糸のような白金の髪は、陽の光を受けて透明な輝きを纏《まと》っている。なめらかな肌は穢《けが》れない新雪を連想させ、淡くも深い色を讃《たた》えるアメシストの瞳は、彼が手に持つ宝石が屑石《くずいし》に思えるほど美しかった。

すらりとした背筋に、身長の割に細く長い手足は成長期ゆえのアンバランスさだろうか。少年と呼ぶには大人びていて、青年というにはまだあどけなさが残る。おそらく、十四、五歳位だと思われる。

一応、ミレイアのような質素な服を身につけているが、彼の場合、その見目麗《みめうるわ》しさが違和感となって際立《きわだ》ち、悪目立ちするだけだった。

事実、いま現在彼はたちの悪い商人の標的となっている。彼が持つヴォワール産の宝石が、すべてを物語っていた。

「昔からヴォワールは宝石の産地として有名でね。高い品質の石ばかりが採れるから、高値で取引されるんだよ。特別に安く譲《ゆず》ってあげるから――」

「あぁ、こんなところにいたのね！　探したのよ」

商人の言葉を遮《さえぎ》り、ミレイアが少年に声をかける。突然のことに彼は目をむいていたが、余計なことを言い出す前にミレイアは宝石を奪い取った。

「あら、きれいなエメラルドね。いつまで待っても約束の場所に来ないと思ったら、私のためにプレゼントを選んでくれていたの？　相変わらず、あなたはおませさんね」

宝石を高く掲げ、陽の光にすかしてみる。濁《にご》った緑の光が目元に落ちた。

ミレイアの登場に戸惑っていた商人も、話を聞いて標的を変えた。

「お嬢ちゃん、このきれいな坊やの想い人かい？　好いた女性のために宝石を買おうなんて、粋《いき》じゃないか。若いふたりのために、俺も一肌脱ごう。安くしておくよ」

そう言って、商人が提示した金額は、相場の三倍の値段だった。宝石の大きさは親指とひと差し指で丸を作ったくらいと、それなりに大きい。だが、このエメラルドはまだ原石でこれから加工する必要があり、さらには透明度も低く無数の傷が走っている。簡単に言えば、加工する価値もない石ころだ。

商人が先ほどからヴォワール、ヴォワールと連呼しているのも、ミレイアや少年を馬鹿にしている証拠である。確かに、ヴォワールは良質な宝石の原産地だった。しかし、それも遠い過

去のことだ。限られた資源は採り尽くされ、ここ数年は商品として加工することすら困難な屑石しか出土しなくなった。

そう、まさに、いま手に持っているような。

ミレイアは人差し指をふっくらとした唇に当てると、わざとらしく首を傾《かし》げた。

「うーん……この石もすてきなんだけど、私、こっちの石の方がいいな」

エメラルドを商人へ突き返し、改めて手に取ったのは、同じ大きさのダイヤモンドの原石だった。磨《みが》き上げていないため白く光るそれは、純白ではなくわずかに茶色く染まっている。

商人は信じられないという顔で頭を振った。

「商品として並べておいてなんだがな、それはなんの価値もない石ころだよ。ダイヤモンドっていうのは、透明であるほど価値が高いんだ。それは茶色いだろう？　まぁ、お守り代わりに持つくらいはできるだろうが」

商人はいかにそのダイヤモンドに価値がないかを語り、しきりにエメラルドを勧めた。しかし、ミレイアは意見を曲げなかった。

「これがいいの。私がもらうものなんだから、私が気に入るものじゃないと。ね、いいでしょう。これを買ってちょうだいな」

ことの成り行きを黙って見つめていた少年に、ダイヤモンドを握らせる。商人はなにを言っても無駄と判断したようで、肩を落としつつ値段を告げた。

値打ちがないと言っていただけあり、今日の昼食分相当の金額を少年が支払う。取引が終わるなり、ミレイアは彼の手を取って足早にその場を離れた。

「……あのっ！」

商人の姿が見えなくなったところで、少年がミレイアの手を振り払って立ち止まる。ミレイアも足を止めて振り返れば、彼はダイヤモンドを握りしめる手を差し出した。

「これ……ほしかったんですよね。差し上げます」

少し心細そうに告げられた声は、聞くものの思考をとろかすような甘いものだった。つい聞き惚《ほ》れてしまいそうになるのをこらえ、ミレイアは首を横に振った。

「あぁ、うん、それね。なんかごめんね、無理矢理買わせちゃって。いまから信用できる宝石商を紹介するから、そこで買いとってもらうといいよ。たぶん数倍に価値が跳ね上がるから」

「数倍!?　でも、さっきの人はなんの価値もないって……」

少年は目を見張り、ぱちぱちと瞬きをする。かわいらしい仕草に、ミレイアは思わず微笑《ほほえ》んでしまった。

「さっきのおじさんは透明でないダイヤモンドに価値はないと言っていたけど、最近はカラーダイヤモンドとして人気なの。これだけきれいなブラウンなら、きっと高値で買いとってくれるわ。そのお金で、おいしいご飯でも食べて帰りなさい」

まずは宝石商のところへ向かおうとミレイアが背を向けると、今度は少年がその手を取った。

「あのっ……宝石のことは、もういいです。その代わり、もしあなたに時間の余裕があるのでしたら、私の買い物に付き合って頂けませんでしょうか？」

昼休憩と市場調査を兼ねてここにいるため、正直なところミレイアに時間の余裕はない。ないのだが、すがるように自分の手を取り、潤んだ瞳で上目遣いに懇願《こんがん》され、無理ですと断れる強者《つわもの》がいるのだろうか。いや、いない！

「よし、わかった。私がどこへでも案内してあげるわ。任せなさい！」

うっかりほだされてしまったミレイアは、胸に手を当てて力強く宣言したのだった。

命を吹き込まれた天使の彫像と言われても信じてしまいそうな美貌《びぼう》を誇る少年は、イグナスと名乗った。なんとブルゲラ侯爵家の末子だという。

質素な服を着てもなおにじみ出す気品から、有力貴族だろうとは思っていたが、まさか現王妃を輩出《はいしゅつ》したブルゲラ家とは驚いた。

王都付近に領地を持ち、さらに王都にも大きな屋敷を有しているブルゲラ家の末子が、どうして遠いアスコート領までやってきたのか。

「後学のために、各領地を視察してまわっているのです。私は嫡男《ちゃくなん》ではありませんので、将来自立しなくてはなりませんから」

事情を話すイグナスのはにかみ笑顔に、なんて愛らしいんだろうとミレイアは胸ときめかせる。まだまだ十五歳と若いのに、お忍びで国中を旅してまわるとは、見かけによらずたくましい。

ミレイアは同じ年の頃に、ホセップをはじめとした実業家たちのもとへ弟子入りしたという事実を棚《たな》に上げ、イグナスの度胸と先を見据えた行動力に感服した。

どこへ行きたいのか聞いてみれば、最近、兄嫁が妊娠《にんしん》したとのことで、お祝いを買いたいと答えた。

「兄夫婦の、初めての子供なんです。僕もうれしくて……なにか、贈りたいなって」

儚《はかな》げな外見を裏切らない、なんと心温まる話だろうか。ミレイアは心得たとばかりに、市場ではなく商店が並ぶ区域へと向かった。

必需品《ひつじゆひん》や掘り出し物を見つけるのなら市場は最適だが、貴族のようなある程度身分がある相手への贈り物を探すのであれば、商店の方が向いている。

アスコート領は田舎《いなか》であるが、富裕層というのは存在する。そういった人物を相手に商売をする店が、ここアルモデの街にもいくつかあった。

その中でも、服飾を扱う店へと向かうことにした。

灰色がかった石造りの建物には、中央の木製の扉の左右に、大きな窓がはめ込んである。そこは飾り棚《だな》となっており、漆黒《しっこく》の燕尾服《えんびふく》や淡いクリーム色のドレスの他に、小さなレディが着る可憐《かれん》なドレスや、傘やボンネットといった小物も飾ってあった。

ミレイアとイグナスは、窓の向こうの飾り棚をのぞきながら、店の雰囲気《ふんいき》を確認する。気に入ったようなので、一度店内に入ってみようかと話していたときだった。

「あら？　あなた、ミレイア様ではなくて？」

店の扉が開いて、そこから従者を連れた女性が姿を現した。たくさん買い物をしたのか、従者は顔が隠れるほどの荷物を抱えている。

華やかに巻いた金の髪にはフリルをふんだんに使ったボンネットをかぶせ、豊満な胸と細い腰を強調するドレスに身を包む女性は、ルビーのような真っ赤な瞳をわずかにすがめてミレイアを見つめた。

「あなたは……ロサ様」

派手な美人、という言葉がよく似合う彼女は、ミレイアの元婚約者であるホルディと恋仲となった女性、ロサである。

ミレイアと婚約解消した後、ホルディは父親の反対を押し切ってロサと結婚。家にとってなんのうまみもないパン屋の娘と結婚したホルディに、かんかんに怒ったブラニク伯爵は勘当《かんどう》するとまで言い出した。ところがブラニク伯爵が不幸な事故に遭《あ》って急死してしまい、ホルディは当主となってロサとともに屋敷に残ったと聞いている。

「ごきげんよう、ロサ様。わざわざアスコート領の商店でお買い物ですか？」

「ごきげんよう、ミレイア様。この店の小物がとても独創的でかわいらしく、気に入っているの」

アルモデはアスコート領の中でもブラニク領に近い位置にあった。さらに、バートレイ商会が拠点を構えるだけあって様々な商品が手に入る。

だから、ブラニク領の富裕層が旅行がてらアルモデで買い物をしていくのはよくあることだ。

けれども、ミレイアは違和感をぬぐいきれず首を傾げた。

「ミレイア様は、お忍びで逢瀬《おうせ》ですか？　見たところ、相手様も貴族のようですね。けれど、ずいぶんとお若い」

ロサは手でもてあそんでいた扇《おうぎ》を広げると、口元を隠してイグナスをじろじろと見つめた。

ミレイアは慌てて、彼を背にかばった。

「誤解なさらないでください。私はただ、この街を訪れた彼に案内をしているだけです」

「でしたら、なおさら悪いですわね」と、ロサは涼やかな曲線を描く眉《まゆ》をひそめた。

「ミレイア様は、ご自分の年齢を理解しておいでですか？　貴族令嬢の結婚適齢期は二十歳《はたち》までと言われているのに、あなた様はもうすぐ十九歳となるのですよ。貴族に比べると晩婚といえる私たち町娘でさえ、真剣に結婚を考える年齢ですわ」

突然熱く語り出したロサに、ミレイアは「はぁ……」と気のない返事をした。

「その格好もなんです。そんなみすぼらしい服では、男性の視線は集められませんわよ。もう少し、貴族として着飾ってはいかがですか?」

「いまは仕事中ですので、これでいいのです」

「令嬢が、仕事などと……」と、ロサは目を見張る。

「そうやってあなたがいつまでも落ち着こうとしないから、ホルディ様は罪悪感を払拭《ふっしょく》できないんだわ。自分のせいであなたが結婚できずにいるのではと責任を感じ、アスコート家にお金まで払っているのですよ」

「それは違いますよ」

繋《つな》がっているようでまったく繋がっていないロサの主張に、ミレイアはきちんと訂正《ていせい》を入れた。

「ブラニク伯爵が我がアスコート家に納めているお金は、ただの賠償金《ばいしょうきん》です。婚約解消しても、両家の協力関係を変わらず継続するため、ブラニク家が示す誠意です。良心から払う金銭ではありません」

ブラニク伯爵の涙ながらの謝罪もあり、アスコート子爵は協力関係の継続を決定した。けれどそれに、実業家たちが猛反発した。師匠《ししょう》としてミレイアの頑張りを間近で見ていただけに、今回のホルディの行いを許せなかったのだろう。

領主にできることは方針決定だけで、実務は実業家たちが担《にな》っている。彼らの強い反発は、つまり事業の停滞を意味していた。

ブラニク家は、自分たちが忠誠を誓うアスコート家を、ミレイアの努力を虚仮《こけ》にした。それ相応の誠意を見せるべきだ。

そう主張する彼らを納得させるため、ブラニク家が提案したのは賠償金の支払いだった。

「私とブラニク伯爵との間に結ばれた婚約は、政略的なものでした。それを正当な理由もなく破棄《はき》するのですから、それ相応の賠償はしなくてはなりません」

「愛し合うもの同士が結婚を望むことは自然の摂理です！　なのに、正当な理由ではないと？」

扇を口元からおろし、ロサは声を強める。どうやら、自分たちの愛を否定されたように聞こえたらしい。

「あなた方の愛を否定しているわけではありません。愛《いと》しい人と添い遂《と》げるというのは、素晴らしく幸福なことだと思っております。ですが、貴族にとって結婚は契約であり、必ずしも愛を必要としていないというのも、事実なのです」

「あなたは義務や契約ばかり口にして……まるで感情のない人形みたい。そんな調子だから、いつまでも結婚できないのだわ。女には、男が守りたいと思うかわいげが必要なのですよ」

つまりはミレイアにかわいげがないから、いつまでもいい人が見つからない、ということか。

「ご助言、ありがとうございます。ブラニク伯爵についても、お心を煩《わずら》わせてしまい申し訳ありません。ですが、あいにく私自身に結婚する気持ちがまったく、これっぽちもございませんの」

「は？」と、ロサは間抜けに口を開けて固まった。

「おかげさまで恵まれた職に就《つ》くことができまして、これといって不自由はしていないのです。ひとりで生きていけるのならば、結婚する必然性はないと思いませんか？」

「なっ……なにを、バカなことを！　人間はひとりでは生きていけない生き物です。結婚しなければ、自分の家族を作ることすらできないのですよ！」

「なるほど。ロサ様のおっしゃるとおりですね。しかるべき時期が来たら、私もきちんと相手を探しますから、ご安心を」

「そんな悠長《ゆうちょう》なことを言って……いざ結婚したいと思ったとき、誰も見向きもしてくれず売れ残っても知りませんからね！」

閉じた扇を両手で握りしめ、捨て台詞《ぜりふ》を吐いたロサは、さっさと背を向けて去ってしまった。うずたかく積み上げた荷物を抱える従者が、ミレイアたちへ器用に一礼し、主の背中を追いかけていく。

ふたつの背中が遠ざかっていくのをぼんやりと眺めていたが、ふいにイグナスが言った。

「ずいぶんと失礼なことばかり言う人でしたね。腹が立たないのですか？」

彼の雰囲気にそぐわない冷たい声に、ミレイアははじかれたように振り向く。

こちらを見つめるイグナスは、眉尻をさげ、目を潤ませていた。思わず、胸がきゅんとした。

「大丈夫よ。だって、あの人が言っていることはあながち間違っていないもの。というか、それ以上に気になることがあって……」

「気になること？」とイグナスが問いかけると、ミレイアは顎《あご》に手を添え、難しい顔でうなった。

「ずいぶんと買い込んでいたみたいだけど、無駄使いをするだけの余裕が、ブラニク家にはないはずなのよ」

「賠償金、ですか」

イグナスの言葉に、ミレイアはうなずいた。

一方的な婚約解消の償《つぐな》いとして、多額の賠償金を支払わなければならなくなった、ブラニク家。もともと、金銭的な余裕がなかったため、少額に分けて支払うことになり、そしてそれはいまでも続いている。

たまの豪遊《ごうしゃ》に出くわしただけかも知れないが、それにしては、ロサが身につけていたものはどれも豪奢だった。むしろ、着飾りすぎだろうと言いたくなるほどに。

「……せっかく愛する人と結婚できたのだから、無理をしすぎていなければいいけど」

「あなたは、裏切った男の心配をするのですか？」

「なんとお人好しな……」と、イグナスは麗《うるわ》しい顔をしかめた。ミレイアは「そうじゃないの」と頭を振る。

「私たちの間にあったのは義務感だけだったのよ。だから、他に好きな人ができたと聞いても、あらそうですか、としか思わなかった」

まぁ、ブラニク家を思って商人としての知識を手に入れたミレイアに対し、「君は自分ひとりで生きていけるだろう」と言われたときは腹が立ったけれども。

「いま、私はとても充実しているの。余裕がある、というのかしら。だからべつに、誰になんと言われようとも気にならないのよ」

婚約解消していなければ、バートレイ商会で働くこともなかっただろう。そう思うと、むしろ解消してくれてよかった、と思うのだ。

それほどまでに、ミレイアはいまの生活に満足していた。

納得できたのか、イグナスはそれ以上なにも聞いてこなかった。いつまでも店の前に立っているのもおかしいので、ふたりは店内へ入ることにした。

さっさと扉へ向かったミレイアは、気づかなかった。

「ふぅん……面白いね」

そうつぶやいたイグナスが、暗く微笑《ほほえ》んでいたことに。

イグナスの買い物に付き合ったあの日から十数日、相変わらず交易拠点の管理で忙しい日々を送っていたミレイアに、朝っぱらから事件が起こった。

「た、た、たたた大変です！　王家からお嬢へ書状が届きましたぁ！」

交易拠点兼ミレイアの住居である屋敷へ、王家の使者が書状を携《たずさ》えてやってきたのだ。応対した使用人は、まるで化け物に出くわしたかのような取り乱しっぷりで執務室へ飛び込んだ。

王家からの書状と聞き、執務室にいたミレイアと部下たちも声をあげる。

「ちょっ、王家からの書状って……なにをやらかしたお嬢！」

「どうして私が悪さしたって前提!?」

最初に声を荒げたのは、ミレイアの右腕としてこの貿易拠点で働くスハイツだ。後ろにまとめた長めの髪を振り乱し、いつもは涼やかな顔を険しくゆがめていた。

スハイツの剣幕に引きずられたのか、他の部下たちも蒼白な顔で叫ぶ。

「拠点の交易長であるあなたがなにかしでかせば、それはそのままバートレイ商会の評価に繋《つな》がるんすよ。常々行動には気をつけろって言ってたでしょう！」

「いや、だからどうして私が悪者なの!?」

「お嬢に王家の関心をひくような要素がないからに決まってんだろ！」

「どうしよう否定できない！」

スハイツの鋭い指摘に、ミレイアは頭を抱えて嘆《なげ》いた。

ひとしきり大騒ぎしていたが、いつまでも現実逃避していられない。執務机におかれた書状へ、ミレイアはおそるおそる手を伸ばした。

手の甲ほどの大きさがある封蠟《ふうろう》には太陽をモチーフにした印璽《いんじ》が刻印してあり、それが王家からのものだと証明している。つるりと指滑りのいい紙に感心しつつ封を開けば、押してあった封蠟が砕《くだ》けて一部が机にこぼれた。

「ひいぃっ、王家の印璽を砕くなんて……恐ろしいことを！」

「いやいや、封蠟を外したらだいたい砕けるよね!?」

「そこは根性でなんとかしましょうよ。どうして砕いちゃうんですか!?」

「理不尽！」

部下たちの扱いのひどさに涙目になりながら、ミレイアは書面を広げる。柔らかな曲線を描く細い文字が整然とならび、ミレイアを第二王子イグナシオ主催のお茶会へ招きたい、との内容が書いてあった。

とりあえず、ミレイアが王家の不興を買ったわけではないらしい。そう理解した面々はほっと胸を撫《な》でおろし、互いの顔を見合わせた。

「……私の首は、繫がったのかしら」

「そうですね。でも、別の問題が浮上しました。王族が主催するお茶会なんて……お嬢、これまで参加したことは？」

「王族どころか公や侯といった高位貴族が参加するお茶会すら行ったことがないわよ！」

しかも、ホルディとの婚約が決まった頃から、ミレイアは実業家のもとを通ってばかりで社交そのものに参加しなかった。

貴族らしくないかも知れないが、アスコート家やブラニク家のような地方の田舎《いなか》貴族は領地を管理するだけで精一杯で、社交のために王都まで向かう余裕がない。王都に屋敷を構えるなんて、夢のまた夢である。晩餐会《ばんさんかい》や夜会、お茶会を開くこともあるにはあるが、それも近隣の貴族を集めて行うささやかなものだった。大々的なものとなると、ごくごくまれに領地を訪れる有力貴族を歓迎するときくらいである。

しかし、そのどれも、ミレイアは参加していなかった。

そんな長く社交から遠のいていた自分が、第二王子主催のお茶会に参加するためだけに王都まで足を運ばないといけないなんて。商人として、有力貴族の方々とつなぎがとれると喜ぶべきところなのかも知れないが、ひとつ、大きな問題があった。

「どうしよう。私、第二王子がどんなお顔をしているか、知らない！」

「それでもあんた商人か！　俺も知らないけどな！」

「一度見た人の顔は忘れない。それが商人の基本でしょう！　自分も知らないけど！」

「俺も知らないっす！」

「すみません、自分も……」

「誰も知らないんじゃない！」という、ミレイアの悲鳴が執務室に響いた。

一刻も早く第二王子の顔を確認しなければ。

ミレイアを含めた、バートレイ商会アルモデ交易拠点に勤める人々はそう思ったものの、第二王子の姿絵を手に入れることが叶わぬままに、ミレイアは王都へ旅立つことになった。

部下が無能だったのではない。屋敷内で王家の姿絵を持っているものはいなかったけれど、翌日には手に入れていた。しかし、それを見る時間が、ミレイアになかったのである。

衣食住の責任は王家が持つので、書状を受け取ったらそのまま使者とともに馬車に乗って王城へくるように。

書状の終盤辺りに、そのような文言が記載されていたのだ。

一介《いっかい》の田舎貴族の令嬢でしかないミレイアに、王族の命令を拒否する権限も度胸もあるはずがなく、着の身着のままおとなしく馬車に乗り込んだ。

スハイツをはじめとした部下たちに見送られながら、馬車が走り出す。

出荷される家畜の気持ちがわかった気がした。

アスコート領は、自他ともに認める田舎である。しかし、王都から遠く離れているのかといえば、そうでもない。馬車なら一泊二日か遅くとも二泊三日でたどり着ける距離である。

にもかかわらず、どうして、領主の娘であるミレイアやその部下が第二王子の顔を知らないほど、王都の情報に疎《うと》いのか。それは、王都とアスコート領の間に険しい山がそびえているからだった。

急こう配で険しい山がいくつも並んで帯状となり、アスコート領やブラニク領といったいくつかの領地を王都から隔離していた。

馬車が通れる広さの街道が整備されてはいるのだが、とにかく急な坂道ばかりで、よっぽど物好きな行商人か、バートレイ商会をはじめとした地元の交易商が名産品を運ぶときくらいしか通らない。必然的に王都の話題に疎くなった。

商人として、何度か通ったことがある起伏《きふく》の激しい道を、ミレイアは王家の馬車に乗って進んでいく。王家の馬車だけあって、乗り心地は快適の一言だが、大所帯での移動に慣れているミレイアには、馬車一台と護衛数人というのは少々寂しく感じた。途中で一泊したときも、みんなで集まって宴会をするでもなく時だけが過ぎ、翌日の午前には王城へたどり着いた。

アレサンドリ神国の王城は、光の神の末裔《まつえい》である王族が暮らすにふさわしい純白の城だった。

前庭だけでミレイアの屋敷が複数納まるほど広く、王城の正面玄関すぐ横にこれまた巨大な神殿まで建っている。王族ともなると、教会へ赴《おもむ》くのではなくそばへ呼び込むのだな、と、よくわからない思考に陥《おちい》ってしまうほど、ミレイアは浮き足立っていた。

使者に案内されながら、大きな窓から差し込む光で淡く輝いて見える廊下《ろうか》を歩く。廊下に敷いてある絨毯《じゅうたん》の踏み心地が、ミレイアの屋敷の一等貴賓室《きひんしつ》と同じで、密かに衝撃を受けた。

それにしても、自分はいま、どこへ向かっているのだろう。

城内に入ってから、結構な距離を歩いている。入り口付近こそ多かった人の往来が、いまでは警備の騎士ぐらいしか見かけない。もしや、王族が暮らす区域に入ったのか。それとも、外観から予想した以上に王城は広いのだろうか。

ミレイアが疑問符を浮かべている間に、とある扉の前で使者が足を止めた。貴人がここにいますよ、とばかりに、騎士ふたりが扉の前を固めている。

まさかいきなり第二王子とご対面、なんてことにならないよな、と内心慌てていると、使者が扉をノックした。

「イグナシオ殿下、ミレイア・アスコート令嬢をお連れいたしました」

イグナシオと聞き、自分の予想が当たっていたとミレイアは戦慄する。

着の身着のままで来いと書状にしたためてあったが、いまのミレイアの格好は生成《きな》りのシャツに若葉色のスカートという、貴族らしさのかけらもない簡素な服である。こんな格好で王族の前に出て、大丈夫なのかといまさら不安になった。

「入れ」

扉の向こうから簡潔な返事が届く。

蜜のように甘く柔らかな声に、ミレイアは聞き覚えがあった。

扉のノブがまわり、十歳くらいの幼い男の子がひょっこり顔を出した。癖《くせ》の強い栗色の髪を揺らし、あどけなさの中にどこかりりしさも感じられる新緑の瞳で使者とミレイアを見つめる。王城で過ごす人は、たとえ小姓《こしょう》といえども気品にあふれているらしい。にっこりと笑った男の子のまぶしさにミレイアがたじろいでいると、彼は扉を大きく開け放って、中へと促した。

緊張の面持《おもも》ちで第二王子と顔を合わせたミレイアは、目を見開き、口をあんぐりと開けて固まった。

「またお会いしましたね、ミレイアさん。先日は、買い物に付き合って頂きありがとうございます。義姉さんも喜んでくれましたよ」

陽光を受けてきらめく、ふわふわの白金の髪。淡く色づく頬《ほお》が肌の白さを際立《きわだ》たせ、アメジストの瞳は優しくほころんでいた。

ソファから立ちあがり、優しい言葉で出迎えてくれたのは、アルモデの街で出会った儚《はかな》くも美しい少年。

「イグ、ナス……?」

問いかけると、イグナスは喜びをかみしめるように笑ってうなずいた。

「え、えええっ……」

思わず叫びそうになって、ミレイアは両手で口を押さえた。それを見たイグナス改めイグナシオは、ぷっと噴き出した。

「やっぱり、僕が第二王子だって気づいていなかったんですね」

「き、気づ……いや、だって……どうして第二王子殿下があんなところに、しかもひとりで!?」

勢いのまま口にして、ミレイアは慌てて「いらっしゃったんですか」と言い直した。イグナシオはクスクスと笑う。

「無理に丁寧《ていねい》な言葉遣いにする必要はありませんよ?」

「ありがたいお言葉ですが、これ以上、王族に対して不敬《ふけい》な言葉遣いはできません。先日も、失礼をいたしました」

「お気になさらないでください。あの日はお忍びでしたから」

お忍びといえど、主ともいえる王族に気づかなかったなんて、貴族失格である。

小姓の男の子も同じ意見なのか、どことなく厳しい目線をミレイアとイグナシオへぶつけた。

「なにか言いたそうだね、フェリクス」

「いえ。見事な猫が現れたなぁと思いまして」

小姓の男の子――フェリクスがなにを言っているのかわからず、ミレイアは首を傾《かし》げる。部屋を見渡したところで猫の姿は見当たらないのだが、イグナシオは理解できたようで、「かわいらしくていいでしょう」と答えた。

ますます意味がわからなくて反対方向に首を傾げたとき、足下で「にゃ～」と猫の鳴き声が

聞こえた。

つややかな黒猫が、ミレイアの足に全身をすりつけていた。突然現れた猫に驚いたものの、ミレイアは猫を持ち上げて胸に抱いた。背中を撫《な》でてみれば、見た目を裏切らないすべらかでほわほわしたさわり心地だった。

「やぁ、ネロ。さすが、素晴らしいタイミングだね」

そう言って、イグナシオがミレイアの手から黒猫を預かる。前脚の付け根に両手を差し込んで目線の高さまで持ち上げ、金色の目をのぞき込んだ。

「もしかして、気を利《き》かせてくれたのかな？」

「にゃご、にゃにゃにゃん、んん〜」

「ふふふっ、義姉《ねえ》さんと違って、僕には君の言葉はわからないんだよ。ごめんね」

きらびやかという言葉がよく似合う笑みを浮かべ、イグナシオは黒猫をフェリクスへ預ける。

「じゃあフェリクス。ネロを義姉さんのもとへ連れて行ってあげて」

バイバイと右手を振る主に、フェリクスはため息をこぼした。

「かしこまりました。行こう、ネロ」

「にぃ〜」

フェリクスの腕の中に落ち着いたネロは、呆《あき》れる、という言葉がよく似合うまなざしでミレイアとイグナシオを見つめた後、器用に尻尾《しっぽ》を左右に振り回した。まるでバイバイと手を振っているみたいだ、とミレイアが思っている間に、フェリクスとネロは部屋から出て行った。

「さて、と。急にお呼び出しして申し訳ありませんでした。長い馬車の旅は疲れたことでしょう。とりあえず、お茶でもいかがですか」

イグナシオにソファを勧められたため、彼が腰掛けるのを確認してからミレイアも腰を下ろす。部屋の隅に待機していた従者が淹《い》れたお茶をひとくち味わうと、ほっと身体《からだ》のこわばりが取れるのがわかった。

「そういえば、先日買ったダイヤモンドですが、後で鑑定させたところ、あなたのおっしゃるとおり価値が数倍に跳ね上がりましたよ。せっかくなので、装飾品にしようと磨《みが》かせております」

思わず、ミレイアはむせた。

あのときはたちの悪い商人にだまされそうな少年を助けたつもりでいたけれど、いまにして思えば王族相手に偉そうに講釈《こうしゃく》を垂れただけだった。わざわざミレイアが動かずともきっとどこかで待機していた護衛がなんとかしただろうし、質のいい宝石など腐るほど見てきた彼ならば、勧められたエメラルドがいかに粗悪だったかわかっていたはずだ。

「あのときは……その、出しゃばった真似《まね》をして申し訳ありませんでした」

「いいえ、そんなことはありません。助かりました。私は磨き上げられた宝石はよく目にしても、あのような原石を見ることはありませんでしたので、それが価値のあるものか否《いな》か、判断ができませんでした。あのダイヤモンドだって、水晶と見分けがつきませんでしたから」

本心なのか、気を遣ってくれているのか。どちらとも判断がつかなくて、ミレイアは曖昧《あいまい》に笑うしかできなかった。

「ご歓談中のところ、失礼いたします。侍女《じじょ》の準備が整ったそうです」

廊下へ続く扉がノックされ、声が掛かる。イグナシオが「わかった。入れ」と返事をすると、扉が開いて数人の侍女が入ってきた。彼女らは皆、ドレスや箱を抱えている。

「おまたせいたしました、殿下。こちらが、殿下よりお話を伺《うかが》って見繕《みつくろ》いました、ドレスでございます」

ふたりが向かい合って腰掛けるソファのそばまでやってきた侍女たちは、いつの間にか片付けられたローテーブルに持ってきたドレスを広げていく。

わけがわからず硬直するミレイアを放って、イグナシオはドレスを一枚一枚手にとって吟味《ぎんみ》し始めた。

「……ふむ。まずは、このドレスからいこうか」

そう言ってイグナシオが掲げたのは、赤味が強い黄色のドレスだった。

ひとりの侍女が恭《うやうや》しくそれを受け取ると、別の侍女がふたり、ミレイアの左右に立って両手を取った。

「それでは、あちらのお部屋でお召し替えをお願いいたします」

ドレスを持った侍女が告げると、左右に立つ侍女がミレイアの手を引っ張って立たせる。そのまま、連行される形で隣の部屋へ移動した。

いったいなにが起こっているのか。いや、自分がドレスに着替えているのはわかっている。わかっているけれども、どうして着替えねばならないのか。

行動の意味を理解できないながらも着替え終わったミレイアは、促されるままイグナシオの前に立つ。

シルクでできているのかほのかな光沢《こうたく》をもつ黄色い布には、よく見ると布全体に橙《だいだい》色の糸で刺繍《ししゅう》がしてあった。四角く開いた胸元を細かなフリルが彩《いろど》り、天蓋《てんがい》の垂れ布のようにいくつもの布が重なったスカートは、華やかに広がっていた。

頭の天辺《てっぺん》から足の先まで観察したイグナシオは、テーブルの山から別のドレスを引っ張り出した。

「……では、次はこれにしようか」

受け取った侍女とともに別室へ戻り、彼女らの手を借りながら着替え、イグナシオに見せては次なるドレスを指定される。

着せ替え人形よろしくそれを数度繰り返し、心身ともに疲れ切ったミレイアがもう勘弁してくれと懇願《こんがん》しようかと考えたとき、イグナシオは言った。

「やはり、最初のドレスが一番ミレイアさんに似合っている。あれでいこう」

だったら最初に着た時点で決めてくれよ——という言葉を必死に呑《の》み込み、ミレイアは別室へと吸い込まれていったのだった。

ドレスが決まれば、次はアクセサリーだ。

派手なドレスなので、アクセサリーは落ち着いた真珠《しんじゅ》でまとめることにした。見たこともない大きな真珠を一連に並べたネックレスと、ゴールドの留め具にパールがぶら下がるイヤリング。手元はクリームイエローに染めたレースの手袋をはめた。巻いた髪を高く結い上げて、ドレスと同じ布とレースで飾られた帽子をかぶせればできあがりだ。

髪を結い上げるとき、一緒に化粧《けしょう》も施《ほどこ》してもらい、色気より商売っ気な商人《あきんど》令嬢から一変、控えめながら、楚々《そそ》とした美しさを持つ令嬢ができあがった。

姿見を確認したミレイアは、あまりの別人っぷりに茫然自失《ぼうぜんじしつ》である。自分なのに、自分ではない誰かが鏡にうつっていた。

「うん。やはりそのドレスにしてよかった。ミレイアさんの美しさが引き立っている」

「その通りでございますね、殿下。少々慎《つつ》ましやかな胸をしておりますが、均整のとれた身体はドレス選びさえ間違えなければ素晴らしい素材ですわ。すっと伸びた背筋が美しさをさらに引き立てていらっしゃいます」

「十八歳にもなってお化粧をしていないなんて驚きました。ですが、下手《へた》な粗悪品を使って肌荒れを起こしている令嬢と違い、吸い付くようなすべすべのお肌で化粧ノリもよく、また地味顔ゆえに化粧映えがして、やりがいがありましたわ」

背後でイグナシオと侍女がミレイアの変身っぷりを褒《ほ》めそやしている。が、気のせいだろうか。侍女たちはミレイアをけなしているような……まぁ、最後は褒めてくれているのでよしとしよう。地味顔で悪かったな、なんて思っていない。

とりあえず、着せ替え人形は終わったらしい。ほっとひと息つく暇もなく、イグナシオは告げた。

「では、茶会の会場へ向かいましょうか」

「えぇえっ！　いまからですか？」

思わず声を強めたミレイアへ、彼は当然でしょうという顔でうなずいた。

「お渡しした書状には、しっかりとその旨《むね》が書いてあったと思うのですが」

「た、確かに、そうなんですけど……」と力なくうつむくと、それを見たイグナシオが眉尻《まゆじり》を落とした。

「あぁ、そうか。旅の疲れがたまっているのですね。女性は我々と違い、繊細《せんさい》なものであると失念しておりました。私としたことが、気が回らずに申し訳ありません」

「い、いえいえいえ！　殿下が謝られる必要などありません」

ミレイアが慌てて頭を振れば、彼は「そうですか？」と上目遣いにこちらを見つめた。

「あんまりつらいようでしたら、茶会を別の機会にしても構わないのですが……せっかくこれほど可憐《かれん》に着飾ったのですから、あなたを皆に自慢してまわりたいのです」

イグナシオはしゅんと肩を落とし、うつむいてしまう。計り知れない罪悪感がミレイアの胸に襲いかかり、とっさに彼の両肩をつかんだ。

「殿下主催のお茶会に招待されるなんて光栄です！　喜んで参加させて頂きます」

屈んで視線を合わせて宣言すれば、イグナシオは「本当ですか」と花開くように笑った。

「よかった。では、一緒に行きましょう」

きらきらとまばゆい笑顔を振りまく彼に手を取られ、ミレイアは部屋を後にしたのだった。


イグナシオ主催のお茶会会場は、中庭を臨《のぞ》めるテラスだった。会場に設置された五つのテーブルには、すでに他の招待客たちが待っていた。そのどれもが妙齢《みようれい》のご令嬢ばかりで、もしやイグナシオのお見合いも兼ねているのか。だとしたら、イグナシオと一緒に入場した自分は彼女らから敵認定されてしまう。とミレイアの背筋が寒くなった。

しかし、こちらへ振り向いた彼女たちの反応は、落ち着いたものだった。第二王子であり、主催者であるイグナシオが現れたというのに、誰も挨拶《あいさつ》すらしない。

おかしいなと思ったが、もしかしたらこのお茶会独自のルールがあるのかもしれない。ミレイアは余計な口を閉ざしてイグナシオのエスコートに従った。

イグナシオが案内したのは、中央のテーブルだった。

「ベルトラン夫人、こんにちは」

声をかけられた女性は、同じテーブルを囲う令嬢の中で、際立《きわだ》った気品と威厳を備えていた。

ベルトランといえば、ヴォワールとの国境を預かる辺境伯で、王家からの覚えもめでたい家だ。たしか、数年前に王妃の姪《めい》が嫁《とつ》いだはずである。つまり目の前の女性は王妃を叔母《おば》に持つ、まごう事なき有力貴族ということだ。

「ごきげんよう。今日はよろしくお願いします」

ベルトラン夫人は膝を折り、会釈《えしゃく》をする。ただそれだけの仕草がとても優雅で、有力貴族として長年培《つちか》ってきた教養を感じた。

思わず見惚《みほ》れたミレイアへ、ベルトラン夫人は視線を移した。

「失礼ですが、そちらのかわいらしいお嬢さんは？」

「こちらは、アスコート子爵の長女、ミレイア嬢です」

「初めまして、ミレイア・アスコートと申します」

中央の政治に疎《うと》い田舎《いなか》貴族であるミレイアが、こんな雲上人《うんじょうびと》ともいえる高貴な令嬢相手に挨拶してもいいのだろうか。ベルトラン夫人は優しい目で見つめてくれているが、他の令嬢たちが身の程知らずと怒り出すかもしれない。

しかし、ミレイアの不安な思いは杞憂《きゆう》だったらしく、周りの令嬢たちも「まぁ、あのアスコート令嬢ですか」と目を輝かせた。

予想外の反応に面食らうと、ベルトラン夫人が口元に手を添えて微笑《ほほえ》んだ。

「実はね、私たちは以前からあなたのことを噂《うわさ》していたのよ。貴族令嬢でありながら、実業家として成功しつつある女性だとね」

ベルトラン夫人の言葉に、他の令嬢たちもうなずく。

「男性と肩を並べて働く女性は、あなたでふたりめなの。ちなみにひとりめは、ルビーニ家のベアトリス様ですわ！」

「ベアトリス様は研究者である夫に代わり、ルビーニ家の顔として様々な役割を一手に引き受けていらっしゃるの」

令嬢たちは顔を見合わせ、「ねぇ～」と声をそろえた。

夢見る少女のようにうっとりする彼女たちに、ベルトラン夫人は苦笑した。

「私たちは親の指示通りに結婚しているから、どうしてもあなたのような自立した女性に憧れを抱いてしまうのよ。なんだか、ごめんなさいね」

「……女のくせに、男のまねごとをして、とか、思わないのですか？」

つい、ぽろりと疑問が口からこぼれた。無意識のことに驚き、ミレイアは大慌てで口を手でふさぐ。

この言葉は、昔ホルディに言われたものだった。ブラニク家へ嫁いだ後のことを考え、実業家のもとへ通い始めて半年ほど経った頃に、彼はそう言ったのだ。

それがどうして、いまさら口をついて出てくるのか。気まずさのあまりそむけた視線をおそるおそる戻してみれば、ベルトラン夫人が少しつり上がり気味の目を大きく見開いていた。視線が合うなり「とんでもない！」と声を強める。

「私はね、女性にももっと多様な生き方があってもいいと思っているの。そう考えるきっかけをくれたのは、あなたとベアトリス様なのよ」

「あぁ、でも……」と、ベルトラン夫人は手に持つ扇《おうぎ》を広げ、口元を隠した。

「いまの自分に不満なんてないのよ。誠実な夫とふたりの娘に恵まれて、幸せだって胸を張って言える」

扇で隠れて確認はできないけれど、ベルトラン夫人の頬《ほお》が少し赤いような気がする。きっと、彼女の言葉に嘘はなく、夫と子供を心から愛しているのだろう。

「でもね、せっかくなら、女の幸せと仕事を両立できたら最高だと思わない？　ベアトリス様みたいに」

陶酔《とうすい》したような表情でベルトラン夫人は語る。ミレイアも一緒に、そんな未来を想像してしまった。

確かに、結婚してもなお変わらず働き続けることができたなら、これ以上幸せなことはない。

結婚する意味が見いだせていなかったけれど、ベルトラン夫人を見ていると、自分の家族を持つというのは幸せなことなのだろうと感じる。ただ問題は、ミレイアの生き方を認めてくれる相手に、出会えるかどうかだった。

ミレイアの考えを読んだのか、ベルトラン夫人は扇を下ろして言った。

「無理に結婚する必要なんてないのよ。夫に養ってもらう必要などないのだから。ただ、この人だと思う方が現れたときに、変化を恐れずに飛び込んでみればいいの」

変化を恐れず飛び込む――ベルトラン夫人の言葉は、不思議とミレイアの心にすとんと落ちた。

結婚とは、大きな変化だ。いまの生活を継続するなどできるはずがない。けれど、その変化が悪いものだと、どうして言えるのだろう。

「一緒に変化を楽しめるような相手と結婚なさい」

いたずらな笑みを浮かべるベルトラン夫人に、ミレイアは「はい」と元気に答えたのだった。

「ねえ、あなた。ミレイア様でなくて？」

突然背後から無遠慮《ぶえんりょ》な声がかけられたのは、ベルトラン夫人やイグナシオと最近の流行について話していたときだ。

声に聞き覚えがあると思いながら振り返れば、ここは夜会会場かと聞きたくなるほど着飾ったロサがいた。

「ロサ様……どうしてここに？」

「それはこちらの台詞《せりふ》です。今日のこのお茶会は、既婚女性だけが招かれているというのに、どうしてあなたがここにいるのですか」

既婚女性だけが招かれた？

初めて知る事実に、ミレイアは隣に立つイグナシオを見つめる。すると、その視線をなぞってロサも彼へと視線を移した。

「まぁ、今日もそちらのお子様を連れていらっしゃるのですか？　どうせ連れてくるなら、せめて結婚が考えられる男性にされればいいものを。それとも、この方が成人するまで待つおつもりですか？」

「そちらのあなた、ご自分がなにを言っているのか、理解しておられますか？」

ベルトラン夫人がロサの言葉を遮《さえぎ》り、ミレイアをかばうように前に立つ。扇で目元から下を隠した彼女は、言葉の意味がわからず眉根を寄せて黙るロサを、斜めに見下ろした。

「あなたがたったいまお子様と馬鹿にしたこちらのお方は、此度《こたび》のお茶会の主催者である、イグナシオ・ディ・アレサンドリ様ですのよ。まさか、知らなかったなんてことはないわよねえ？」

ロサは目を限界まで見開き、口をぱくぱくさせながら呆然《ぼうぜん》としている。十中八九知らなかったのだろう。わかりやすい態度に、ベルトラン夫人は嫌悪をあらわにした。

「嘆《なげ》かわしい……貴族でありながら、主である王族の顔を知らないなんて。それだけでなく、殿下がどのような意図を持って今回のお茶会を開いたのか、理解していないようですね」

目をすがめて不快感をあらわにするベルトラン夫人の隣に、イグナシオが立つ。

「今日のお茶会の目的はね、女性の社会進出について語り合うことだったんだ。そのために、バートレイ商会の交易拠点を任されているミレイア嬢をお招きした」

「ですが彼女は結婚しておりません。婚約者を顧《かえり》みず、ただひたすら仕事にのめり込んでいたからこそ、いまの地位があるのでしょう?」

「それは違うよ。彼女は嫁ぎ先の家をもり立てるための知識を求めて、実業家のもとへ師事するために行ったんだ。婚約者を想っての二年間の努力は、無駄になってしまったけどね」

イグナシオの言葉を、ミレイアは「いいえ」と否定した。

「無駄ではありませんでした。私はあの日々で手に入れたもののおかげで、一人前の商人として世間に認めてもらえたのですから」

「あぁ……確かにその通りでしたね。二年間の努力は、あなたに自信を与えました。仕事に誇りを持つあなたは、とても美しいと思いますよ」

振り返ったイグナシオが、まばゆい笑顔とともに爆弾を投下した。この流れで美しいと褒《ほ》められるとは思っておらず、ミレイアは頬を染めて固まった。

うぶな反応を見て気をよくしたイグナシオは、しかし、当惑するロサに気づくなり眉をひそめた。

「もしや、ミレイアさんがどうして実業家のもとへ通い始めたのか、知らなかったのですか？　どうせ、自分をほったらかして仕事ばかりしているとでも話したのでしょうね、あの男は」

「で、ですが……貴族ともあろうものが下々《しもじも》の者に混じって働くなどと……」

ロサの必死の反論を、ベルトラン夫人が「おやまぁ」と遮った。

「いまどきは、領地に安定的な収益をもたらすため、貴族が率先《そつせん》して事業を興《おこ》していることを知らないのですか？　領民に仕事を用意すること。それも領主の仕事ですのよ」

「そのためにも、常に情報は手に入れないといけない。けれど商《あきな》いに関して素人《しろうと》である我々には、情報を得ても有効活用するのが難しい。本来、その役目は領内で活動する実業家たちが担《にな》うのですが、あいにく、ブラニク家にはそれだけの人材がいなかった。そこでミレイアさんは、自分が情報を扱えるようになればいいと、自ら商いの世界へ飛び込んだのです」

イグナシオの説明に間違いなどなかった。なかったのだが、どうしてそこまで知っているのだろうと、なんだか薄ら寒く感じた。

顔を引きつらせつつ黙って見守っていると、ベルトラン夫人がクスクスと笑い出した。

「本当に、なにも知らないのですね。貴族は遊んで暮らせるとでも思っていたのかしら。主催者であるイグナシオ様のお顔も知らないような世間知らずですから、仕方がありませんわね」

嘲笑《ちようしよう》する彼女に、周りの令嬢たちも同調する。

「ブラニク家も、どうして彼女のような世間知らずをお茶会に参加させたのかしら。せめて余計な口は開くなと忠告するべきだったでしょうに」

「どれが余計な口なのかすらわからないのではなくて？　だってあのお方、もとはパン屋の娘でしょう」

「まぁ！　婚約者がおられる方に近づいたと聞いたときからおかしいとは思っていましたけど、貴族の生まれではなかったのですね。あぁ、だから、あんな時代錯誤《じだいさくご》な物言いを……」

「仕方ありませんわ。第二王子殿下のお顔すら知らないのですもの。きっとご自分の装《よそお》いが派手すぎることも気づいていないのでしょう」

皆、扇で口元を隠しているが、クスクスという密やかな笑い声が会場に響く。

立ち向かわんと周りを見渡したロサだったが、次第にうつむき、自らを守るように両腕を抱えた。唇を噛《か》んで涙は流すまいと必死に耐え、ひとり震える彼女を見て、ミレイアは、片手を高く伸ばした。

「はい！　私も！　私も第二王子殿下のお顔を知りませんでした！」

さざ波に似た笑い声を打ち消すように、ミレイアははきはきとした声で宣言する。思わぬ告白に会場が水を打ったように静まりかえる中、イグナシオとベルトラン夫人の背後から抜け出してロサのそばに立った。

「大変お恥ずかしい話なのですが、私は自らの実家が王都から隔絶《かくぜつ》されたアスコート家という

ことも あり、中央につなぎを作る必要もないだろうと、社交界デビューすらせず商いの勉強ばかりしておりました。ですから、知っているのは名前ばかりで、第二王子殿下のお顔どころか、ベルトラン夫人をはじめとした、この会場のほとんどのご夫人のお顔を知らなかったのです」

今日のお茶会に、ミレイアを連れてきたのはイグナシオだ。つまり、このお茶会の主賓《しゅひん》ともいえるミレイアを周りがバカにできるはずもなく、ロサをあざ笑っていた令嬢たちは押し黙った。

「殿下、ベルトラン夫人、そしてこのお茶会に参加されておられます、皆々様。このたびは、私のような田舎《いなか》貴族のお話に興味を持ってくださり、ありがとうございます。皆様とお話しできたことは恐れ多くも光栄なことでした」

ロサは信じられないとばかりにこちらを見つめている。彼女の手を、ミレイアは取った。

「ですが、やはり私に社交界はきらびやか過ぎるようです。美しく着飾るよりも、新しいドレスの生地を見つける方が、宝飾品を身につけるよりも、原石が磨《みが》かれていくのを見守る方が、皿に盛ったケーキを食べるよりも、お店の窯《かま》でパンの焼ける甘い香りを嗅《か》ぐ方が、私には似合っているのです」

ロサへと振り向き、笑いかければ、彼女は唇を嚙みしめてうなずいた。

つないだ手に力がこもるのを感じて、ミレイアはイグナシオたちへと向き直る。

「本日は、貴重な時間をありがとうございました。私どもは、一足先にこの場を辞させて頂きます。失礼に当たるかもしれませんが、どうかご容赦《ようしゃ》くださいませ」

手をつないだまま、空いた方の手でスカートの裾《すそ》を持ち、淑女《しゅくじょ》の礼をする。ロサもそれにならって礼をしてから、ふたりは会場を後にした。


きらびやかで甘い、おとぎ話の一場面みたいなお茶会会場を後にしたミレイアは、ロサの手を引いたまま、城の廊下《ろうか》をずんずんと歩く。天井が高く窓がいくつもはめ込まれてやたらと明るい廊下を進みながら、考えた。

いったい、自分はどこへ向かっているのだろう――と。

今日、城へやってきてからいまにいたるまで、ミレイアは常に誰かに案内されていた。歩いた景色はなんとなく覚えているけれど、城の廊下なんて、慣れない者からすればどこも同じようなものだった。

当てもなくとりあえず廊下を歩いているものの、通りすがる騎士や後ろを着いて歩くロサもなにも言わないので、きっと間違っていない。希望的観測をした。

そういえば、城を出た後のことも考えねば。ロサは登城する際に乗ってきた馬車があるから問題ないとして、自分はどうすればいいのだろう。バートレイ商会の拠点が王都にもあるから、そこを頼って馬車を用意してもらうか。着替える際においてきてしまった服はもうあきらめるとして、いま来ているドレスはどうすればいいのか。とりあえず洗濯《せんたく》して返せばいいのか？

などと、顔には出さずにグルグルと考えていたら、背後のロサにつないでいる手を振り払われた。もしや、おかしな方向へ歩いていたのかと振り向けば、彼女は眉間《みけん》にしわを寄せてうつむいている。

「謝らないわ……」

こちらを向くでもなく足下をじっと見つめて、ロサがつぶやいた。聞き取れたものの、唐突《とうとつ》すぎてなんのことを言っているのか理解できず、ミレイアは「……はい？」と間抜けに聞き返した。

不愉快だったのか、ロサが勢いよく顔を上げた。

「私は、謝らない。ブラニク家のために努力し続けていたあなたから、ホルディ様を奪ってしまったけれど……私は本気で、あの方を愛しているから……だから、謝らないわ」

ぐっと両手を握りしめて、「でも……」と言葉を続ける。

「パンの焼ける香りが好きと言ってくれて、ありがとう」

涙をにじませながら、震える声で告げるなり、ロサはミレイアの横を通り過ぎて歩き去ってしまった。

振り向くことなく離れていく背中を、ミレイアは呆然と見つめる。

いつだったか、ホルディが言っていた。男手ひとつで育ててくれた父を亡くし、ロサは天涯《てんがい》孤独《こどく》になってしまったと。

きっとパンの香りは、父親との幸せな記憶の象徴なのだろう。

なんだか初めて、ロサとまともな会話ができた気がする。だからといって彼女に対して好意を持てたか、といわれると答えはいいえなのだけど。

でも、ほんの少し、心の底に沈むよどみが薄くなった気がした。

前向きな気分になったところで、ミレイアは歩き出す。ロサが去った方向へ進んでいけば、きっと外に出られるだろう。その後は、バートレイ商会の王都拠点へ向かえばいい。

「ミレイアさん！」

呼び止められて、ミレイアは足を止める。少し迷ったが無視するわけにもいかないので、それはそれはゆっくり後ろを振り返った。

遠くまで続く長い廊下の途中に、こちらへと駆けるイグナシオの姿があった。

ずっと走ってきたのか、追いついてきた彼は、膝に手をついて倒れそうな身体《からだ》を支え、激しく息を乱している。なんとか見苦しくない程度に息を整えて、姿勢を正した。

「あなたをここへ連れてきたのは私です。責任を持って家まで送り届けますから、どうか勝手に帰らないでください」

「お気遣い、ありがとうございます。ですが、私ひとりでも帰れますので、どうかお気になさらず」

素っ気なく断ると、イグナシオは痛みをこらえるように目をすがめた。

「怒っているのですか？　ブラニク夫人に対して、我々は本当のことを言っただけですよ」

「そうですね。あなた方は誰も、間違ったことを言っていませんでした」

「それがわかっているのに、なぜあなたは彼女を助けたのですか？」

どうやらイグナシオは怒っているらしい。

王族の怒りを買うなんて、貴族としても商人としてもまずいとは思ったが、態度を改めるつもりはなかった。

「ひとりの女性をよってたかってあざ笑うというのは、あまりいいこととは思えなかったからです」

「彼女のあなたに対する数々の無礼を思えば、あれくらいの罰は受けて当然です」

「罰？」と、ミレイア は眉根《まゆね》を寄せた。

「相手の生まれをあげつらって笑うことが、罰だというのですか？　確かに、ブラニク夫人は私から婚約者を奪いました。そこに思うところがないと言えば嘘になるでしょう。ですが、貴族の生まれか否《いな》かなどという誰の意思も介入《かいにゅう》できない事実は、彼女の評価になり得ない」

いまにして思えば、きっとロサは不安だったのだろうと思う。町娘である自分が貴族と結婚するのだ。不安がないはずがない。しかも相手は婚約者を持つ身。祝福されないことはわかりきっていたはずだ。

しかし、ロサは結婚した。ホルディを愛していたから。

ブラニク家をさらなる苦境に立たせたロサのことを、使用人たちは快《こころよ》く思わなかっただろう。周りが手をさしのべてくれない状況で、彼女はブラニク夫人としてひとりで立たなければらなかった。

だから、あれほどまでに着飾った。自分は貴族であると誇示するために。

「あなた方は、ブラニク夫人を世間知らずと言って見下しました。ですが、私への態度が気に入らないと言って、同じことをやりかえすあなたは、彼女となにが違うのでしょう?」

「僕があの女と同じだというのか!?」

美少年といえど、やはり男性。たたきつけるような怒鳴り声は、十分な迫力があった。

しかし、ミレイアが彼を怖がることはない。

だって、イグナシオに対して怒っているから。

「腹が立ったからといって同じことを返せば、それは相手と同じ程度だといっているようなもの。彼女より上位に立っているというのなら、もっと他のやり方で諭《さと》すべきだったのです」

少なくとも、ひとりの女性を多数で囲ってねちねちと嫌みをいうのは間違っている。

しかしイグナシオは、「諭す?」とつぶやいて唇の端を吊り上げた。

「ただ諭すだけでは面白くないでしょう? せっかく反省を促すなら、徹底的にやらないと」

先ほどまでの激昂《げっこう》が嘘のような笑顔。ただ、それはいままで見せてきた胸をくすぐるようなはかなくも美しいものではなく、背中に重くのしかかる、暗い笑みだった。

イグナシオの突然の変化に、ミレイアは目を疑った。しかし、すぐに納得する。

「なるほど……つまりはすべて、あなた様が仕組んだことなのですね。今日のお茶会はブラニク夫人を貶《おとし》めるためのもの」

おかしいと思っていた。第二王子であり、お茶会の主催者であるイグナシオが入ってきたというのに誰も反応しなかったのは、ロサに自らの正体を知らせないため。

「そうだとしたら、なんなの？」と、イグナシオは開き直った。両腕を組んで首を傾《かし》げ、ミレイアを斜めに見下ろす。随分《ずいぶん》と不遜《ふそん》な態度だが、もしやこれが彼の本性なのか。まさに別人ともいえる変化に、むしろ感心してしまいそうだ。

「今回のことはね、別に君のためにしたわけじゃないんだよ。ただ単に、この間の彼女の態度が気に入らなかったから、社交界の洗礼を受けてもらおうかな、と思っただけ。君も喜んでくれるかと思ったんだけど」

「私に人の生まれをあげつらって笑う趣味はありません。また、多数に囲まれてののしられる様を見て喜ぶ性癖《せいへき》もありません」

「そうなんだ。やっぱり君は変わっているよね。貴族っていうのは、いかに相手を見下すかばかり考える生き物なのに。さっきの夫人たちがいい例だ」

「あれは、殿下に対して不遜《ふそん》な態度をとり、さらにお茶会の主賓《しゅひん》である私に対して失礼なことを言ったから、ベルトラン夫人たちは怒ったのです。わかりますか？　殿下や私のためにやってくださったことなんですよ」

「文句言って茶会を途中退場したくせに」

「すべてを仕組んだ殿下に言われたくありません。というか、ずいぶんと態度が違いますが、それが本性ですか？」

「幻滅した？」となぜか目を輝かせるイグナシオに、ミレイアは「いえ、別に」と即答する。

「幻想や期待を抱くほど、私は殿下を知りませんから」

「あ、そっか。僕の正体に気づいていなかったものね」

にこやかに、かつ的確に、イグナシオはミレイアの心の傷をえぐった。随分《ずいぶん》といい性格をしている。初対面のあの庇護《ひご》欲《よく》を掻《か》き立てるはかなさは微塵《みじん》も感じられない。

ひと癖《くせ》もふた癖もある貴族たちを束ね、さらには他国の要人とも渡り合わなければならない立場なのだから、これくらい強《したた》かに裏表を使いこなす必要があるのだろう。

怒るでもなく、むしろ当然とばかりにうなずくミレイアを見て、イグナシオは怪訝《けげん》そうに眉をひそめた。

「なんだか気に食わないな。その理解してます、と言わんばかりの態度」

「ご冗談を。王族である殿下の考えなど、ただの一令嬢である私にはかれるものではありません。ただ、そうですね、裏も表も自在に操れる人間でないと、様々な局面で利益を引き出せない、ということは知っています」

素直さ、純粋さが美徳とされるのは子供のころだけだ。もし大人になってもそれでやっていけるのなら、それはよっぽど突き抜けたなにかを持った人間なのだろう。

特別でない人間は、狡猾《こうかつ》になるしかない。たとえ嫌な商談相手でも笑顔で接し、心にもない賛辞を述べて、少しでも商談が有利に動くようにする。

「殿下はもう子供ではなく、立派な大人ということでしょう。ですが、今回のようなことは、できれば私と関係ないところで行ってくださいませ。そうすれば、私があなた様を不快にさせることもなかったでしょう」

暗に、もう二度と呼び出さないでほしいと伝え、ミレイアは淑女の礼をする。

「生意気な口をきいたこと、お許しください。さようなら、殿下」

指先ひとつひとつに、膝や腰、頭の角度まで計算し尽くされた礼は、ミレイアの教養の深さを物語っていた。

イグナシオはぽかんと口を開けたまま、微動だにせず礼を続けるミレイアを見つめている。

待てど暮らせど返答がないので、もういいや、とミレイアは姿勢を正した。

王族相手に真っ向から反発したのだ。これ以上ないくらい自分の評価が落っこちているだろう。いまさらひとつふたつ追加されたところで変わらないと、うんともすんとも答えないイグナシオを放って、さっさと出口へ向けて歩き出したのだった。

背後を気にすることすらなく、ひたすら一直線に歩き続けていたミレイアは、知らない。

ミレイアの背中が見えなくなった廊下《ろうか》で、ひとり取り残されたイグナシオが腹を抱えて大笑いしていたことなど。

そして、

「あ――……面白い。あんな面白い人、簡単に手放すなんてできないよね」

天使のような美しい顔に、悪魔も尻尾《しっぽ》を巻いて逃げ出しそうな仄暗《ほのぐら》い笑みを浮かべたイグナシオが、

「次はどうやって遊ぼうかな」

とつぶやいたことなど。

第二章　商人の心得その二、人と人の繋がりはおろそかにするべからず！

「あぁ、しまった。服を着替えるだけでもさせてもらうべきだった」

ミレイアがそうこぼしたのは、城門をくぐり抜けてすぐのことだった。

バートレイ商会が王都に構える拠点まで歩けばどうとでもなると思っていたが、いざ街へ出てみれば、周りからの視線が痛い。普段の地味な格好ならまだしも、イグナシオが選《よ》りすぐったドレスを纏《まと》う、貴族令嬢然としたいまのミレイアがひとり徒歩で移動するなんて、奇異の目で見られて当然である。

門をくぐろうとするミレイアに、門衛たちがなにか言いたそうにしていたのはこのせいだったのか、といまさら気づいた。貴族の、しかも年頃の令嬢が馬車にも乗らず、さらに従者や護衛すらつけずひとりきりで出歩くなんてありえない。

しかし、いまさら引き返すことも無理だ。なんの役職も持たない一介《いっかい》の貴族令嬢ごときには、招かれもしない限り王城に入るなど許されない。たとえ、城内に私服を置いてきてしまっていても。

もうこうなったら腹をくくって歩こう――そう決心したときだった。城門傍で立ち尽くすミレイアの目の前に、一台の馬車が停まった。

「お嬢様、お迎えに上がりました」

家紋もない黒塗りの客車が開いて降りてきたのは、スハイツだった。いつものシャツとすり切れたズボンを脱ぎ捨て、灰色を基調とした執事服に身を包んでいる。無造作《むぞうさ》にまとめていた長い黒髪には、つややかな銀色のリボンが結んであった。

腹心の部下の変身ぶりに、ミレイアは口をぽかんと開けたまま固まった。なまじ整った顔をしているために、様《さま》になりすぎて女性からの熱い視線がものすごいことになっている。呆然《ぼうぜん》とするミレイアを、スハイツは恭《うやうや》しく、的確に誘導して馬車に乗せた。向かい合って座席に腰掛け、御者に合図をして馬が走り出すなり、言った。

「いつまで呆《ほう》けてるんだ、お嬢。まぁ、見惚《みと》れるほどこの格好が似合っているのは知っているけどよ」

「あぁ、よかった。いつものスハイツだわ」

彼らしい粗野で自信過剰《かじょう》な物言いに、ミレイアはほっと胸を撫《な》で下ろした。

「こんな格好で、しかも言葉遣いまで変えて現れたから、どう反応すればいいのか戸惑ったじゃない。いったいどうしたの？」

「どうしたもなにも、お嬢を迎えに来たんだ。さっきも言っただろう」

スハイツは口をへの字に曲げて肩をすくめた。

「半分拉致《らち》状態で王城へ向かうことになったから、万が一お茶会でなにかあって、着の身着のまま城を追い出されたとき、すぐに回収できるよう手を打っていたわけだが……正解だったみたいだな」

ミレイアの格好をひとしきり観察した彼は、これみよがしに嘆息《たんそく》した。

「……で？　いったいなにがあってそんな格好で城から飛び出してきたんだ。しかもひとりで。衣・食・住の保証はされていたんじゃないのかよ。それとも、保証期限は片道のみだったのか？」

腕を組んで、苦い表情を浮かべるスハイツに、ミレイアはことの次第を包み隠さず白状した。

今回のお茶会は女性の社会進出について考える会――を装った、ロサをつるし上げるための罠《わな》だったこと。自業自得《じごうじとく》とはいえ、あまりに手厳しい貴族の洗礼に、見かねたミレイアが彼女をかばい、お茶会を途中退席したこと。さらに、追いかけてきたイグナシオに、説教まがいのことを口走ってしまったこと。自分でやったこととはいえ、話しているうちになんてことをしてしまったんだと、嫌な汗が噴き出してきた。

「どうしよう……私、不敬罪《ふけいざい》で処刑されるかもしれない」

「ほんとにな。どうしてそこであの女をかばうんだよ」

「いや、だって、放っておけないでしょう」

「そうかぁ？　遅かれ早かれ、あの女は周りから誹《そし》りを受けることになったと思うぞ。だって、生まれながらの貴族でないあの女に、貴族独自のものの考えやしきたり、礼儀作法《れいぎさほう》なんてわからないだろうからな」

「でも、貴族に生まれなかったのは彼女の責任では――」

ミレイアの反論を、スハイツは手を振ることで遮《さえぎ》った。

「そもそも、そこから間違えてんだ。確かに、生まれはどうしようもない。だが、あのクソ野郎と結婚するときに、これくらいのこと簡単に予想できたはずだ。つまり、貴族と結婚すると決めた瞬間から、どれだけの誹謗中傷《ひぼうちゅうしょう》にさらされても耐えうるだけの覚悟を持つべきなんだよ、あの女は」

考えもしなかったスハイツの指摘に、ミレイアは眉《まゆ》を寄せて視線をそらした。説得力がありすぎて、反論すら浮かばない。

「むしろ、最初の洗礼がお茶会でよかったと思うぞ。これが夜会だったなら、不敬罪でその場で拘束《こうそく》――という事態もありえたからな」

第二王子であるイグナシオに対する、ロサの失礼な態度の数々を思い出し、ミレイアは他人《ひと》事《ごと》でありながら背筋が凍った。

いまにして思えば、お茶会に参加していた夫人たちは寛大な方たちだったのかもしれない。ロサを厳しく諭《さと》しこそすれ、衛兵に突き出したり騒ぎを大きくしたりしなかったのだから。

「どうしよう……私ってば、空気も読まずにあんな偉そうなことを……もう、バートレイ商会にいられないかも」

ロサに対する教育的指導を、ミレイアの独《ひと》りよがりな正義感で台無しにしてしまったのだ。イグナシオだけでなく、あの場にいたご夫人たちの怒りも買ったことだろう。

流行とは女性が作るものだ。貴族夫人に嫌われるとはつまり、商売の破綻《はたん》を意味する。

ミレイアが青い顔で震えていると、その両手に、スハイツは「心配ないって」と笑って自らの手を重ねた。

「いざってときは、バートレイ商会からぬければいい。アレサンドリにいられないってんなら、この国を出て行けばいいんだよ。心配しなくても、お嬢の面倒は俺たちがちゃんとみるからさ」

俺たち、とは、スハイツの部下たちのことを示している。スハイツがミレイアの下につくことで、彼を慕《した》う部下たちも配下に治まったのだ。

「まさかとは思うけれど、昔の家業にもどるつもりじゃないでしょうね」

「必要とあらば……な。俺たちを拾ってくれたのはお嬢だ。だから、あんたのためならいまの生活を捨てたって悔《く》いはないよ」

ミレイアと出会うまで、スハイツたちはお世辞《せじ》にも真っ当とは言いがたい職業に就《つ》いていた。せっかく安定的で且《か》つ誰にもご迷惑をかけない職を手に入れたというのに、それをミレイアの勝手な行動のせいで手放させるなんて、できるはずがない。

「とりあえず、支店に着いたら参加されていたご夫人方に謝罪の手紙を送ることにするわ。今後の身の振り方を考えるのは、どんな反応があるか確認してからでも遅くはないはずよ」

「そうか、わかった。いざというときは遠慮《えんりよ》せずに言ってくれ」

なんてことないようにあっさりと言ってのけるのは、嘘偽りのない本心だから。

ミレイアは自分の浅はかな行動から起きた波紋のあまりの大きさに、ただただ途方に暮れるのだった。


バートレイ商会の王都支店へ着くなり、ミレイアは謝罪の手紙を参加していた夫人方へ送り、戦々恐々としながら返答を待っていたわけだが、彼女たちからの反応は予想に反して好意的なものだった。

曰《いわ》く、自分の婚約者を奪った憎い相手に対しても手をさしのべるだなんて貴族の鑑《かがみ》である。とのこと。それだけでなく、自分でロサを選んでおきながらしかるべき教育を施《ほどこ》さないホルディは、貴族としても男性としても最低である。とまで書いてあった。

どうやらスハイツが言っていたことはあながち外れておらず、お茶会という女性のみが集まる場所で、ロサに貴族社会に加わることへの覚悟と気概《きがい》を確認するつもりだったらしい。

まさか第二王子であるイグナシオの顔すら知らないとは思いもしなかった。彼女が夜会に参加する前に現状を把握《はあく》できたことは不幸中の幸いである——と書いてあったが、それに関してはミレイアも同罪なので乾いた笑いしか起きない。できることといえば、我々田舎《いなか》貴族は領民とそう代わらないのんびりとした性格をしておりますので、どうかお手柔らかにお願いします。とさりげなく擁護《ようご》という名の弁解をするくらいである。

手紙をしたため終え、顔を上げたミレイアはペンを戻して背もたれに体重を預けた。ほう、と息を吐きながら「どうしたものかなぁ」とひとりぼやく。

したためた手紙を回収したスハイツが、「なにを悩んでいるのか当ててやろうか」と言って湯気の立つカップをテーブルに置いた。

「どうせ、あの女の現状をなんとか改善できないだろうか、とか考えてるんだろう。余計なお世話だ、やめとけ」

夫の昔の婚約者から貴族のしきたりについてとやかく言われるなんて、どう考えても気持ちのいいものではない。邪険にされるだけだろう。それはミレイア自身もわかっている。

「……でも、だからといって、ここでなにもしないのもなぁ」

「本来であれば、嫁の教育は義母が行うべきだ。だが、前伯爵が亡くなった事故のとき、前伯爵夫人も一緒に亡くなっている。となると、あのクソ野郎が家庭教師なりなんなりをつけるべきなんだろうが……なにもしていないんだろうな」

「これは勝手な憶測だけど、執事や侍女《じじょ》にもロサに余計なことを言わないよう指示しているんじゃないかしら」

ミレイアとの婚約解消騒ぎもあり、ブラニク家の使用人からあまり快《こころよ》く思われていないのではと予想できるのだが、それにしたってロサは無知すぎる。普通なら、家の恥にならぬよう執事や侍女がその都度《つど》なにかしら苦言を呈しているはずだ。

「周りがなにを言っても聞かない人間もいますよ」

目を細め、口の端をつり上げながらスハイツは言った。ロサのことが嫌いで仕方がないと言わんばかりの彼の態度に、ミレイアは目を閉じて頭を振った。

「お茶会で話した感じだと、それもないわ。貴族の妻としてふさわしくあろうと、必死にあがいているように見えた」

ミレイアから婚約者を奪ったと自覚していながら、それでも謝らないと面と向かって言い切った人なのだから。きっと、ホルディと結婚することで被《こうむ》るであろう苦労もすべて覚悟しているだろう。

「本気であの人のことを愛しているんでしょうね。少し、うらやましくなっちゃった」

ため息とともにこぼすと、スハイツが「急になにを言い出すんだ」と目をむいた。

「もしや、とうとうお嬢にも結婚願望が……!?」

「いや、結婚したいとは思わないんだけどね」

「思ってやれよ。最近、心労のせいで抜け毛が増えたって頭目《とうもく》が嘆《なげ》いていたぞ」

「あれだけもじゃもじゃなら少し減ったくらいで問題ないって。まぁとりあえず、結婚も頭目の抜け毛についても脇に置いて――」

「いや、どっちも脇に置いていい問題じゃないと思うぞ」

「ホルディはもしかしたら、わざとロサに貴族の知識を与えていないのかも」

「それはまた、なんのために？」と、スハイツは器用に片方の眉を持ち上げた。

ミレイアは顎《あご》に手を添え、わずかに逡巡《しゅんじゅん》する。

「貴族としての知識を得ることで、ロサという人が変質していくのを嫌ったとか」

「天真爛漫《てんしんらんまん》、というやつか？　それが許されるのは、子供のうちだけだと思うんだがな。まともな社交もできないままでいれば、いずれ苦しくなるのは自分自身だというのに」

「派手な買い物を許していることといい……ホルディはなにを考えているのかしら」

眉根を寄せてしきりに首を傾げながら、ミレイアはスハイツと視線を合わせた。

「まぁ、関係のないことよね」

「そうだな。時間の無駄だ」

うなずき合ったふたりは、そのままそれぞれの仕事に戻ったのだった。

謝罪の手紙へ優しい返答をくださった夫人方へ、感謝と今後のご挨拶《あいさつ》をしたためた手紙を送り、さて、そろそろアルモデの街へ帰ろうか、と準備に取りかかっていたときだ。

バートレイ商会王都支店に、激震が走った。

「た、たたたた、大変ですううううぅぅっ！」

慌てふためきすぎてもはや奇声にしか聞こえない声をあげながら、ミレイアが私室として使っていた客室へ、店番担当の従業員が飛び込んできた。

せっかく王都までやってきたのだから、できるだけ荷物を積んでアルモデまで帰ろうと、スハイツとふたり額を付き合わせて相談していたミレイアは、扉を開けるなり転がり込んできた従業員を見て、強い既視感《きしかん》を覚えた。

スハイツも同じだったらしい。視線を合わせた彼は顔を引きつらせていた。きっとミレイアも似たようなことになっているだろう。

などと逃避している間にも、現実は容赦《ようしゃ》なくミレイアに襲いかかる。

「王太子殿下と第二王子殿下がご来店されました！　アルモデ拠点長との面会を所望《しょもう》しておいでです！」

問題の先送りというか、関わり合いたくない一心で謝罪の手紙を送ることすらしていなかった相手——イグナシオが、自分から会いに来たらしい。

冒険譚《たん》風に語るなら、最後の山場である魔王が突然勇者の前に現れるようなものか。

しかも、自分のみならず王太子まで連れてくるなんて。それこそ、苦難を乗り越えた仲間も経験も、伝説の武具といった装備品もなにも手に入れていないどころか、勇者として見いだされてもいないただの一般人にむかって、先手必勝とばかりに魔王自ら一軍を率《ひき》いてくるほどの暴挙である。

「ねぇ、そう思わない？　スハイツ」

「そんなくだらないことを考えている暇があったら覚悟を決めろ！　俺はいざというときのために、逃走準備をしておく」

ぎりぎりまで現実を受け止めようとしないミレイアへ、スハイツは逃走準備＝不敬罪《ふけいざい》で拘束《こうそく》という最悪の未来を突きつけた。

彼のいう覚悟とはつまり、家族や恩人、故郷を捨てる覚悟だろうか。

往生際《おうじょうぎわ》悪くつらつらと余計なことを考えながら、ミレイアはイグナシオと王太子が待つ特別室へと急いだ。

「大変お待たせいたしました。ミレイア・アスコートでございます」

扉の前には城から連れてきたのだろう騎士が立っていた。彼らににらまれながら扉越しに声をかけると、イグナシオよりも幾分か低く艶《つや》のある声が入室するよう告げた。

「失礼いたします」

一言ことわってから扉を開ける。軽くうつむけていた視線を戻し、王子ふたりを視界に入れた途端、ミレイアは思わず呆《ほう》けた。

お得意様の貴族だけが入室を許される特別室は、バートレイ商会の総力を結集し、壁紙や照明、家具にいたるまで一級品にこだわった豪奢《ごうしゃ》な部屋だ。客人が腰掛けているソファは、様々な色の糸を幾重にも重ねて複雑な模様を描く生地を贅沢《ぜいたく》に使った最上級品なのだが、それが地味に見えてしまうほどに、イグナシオと王太子のふたりはまばゆかった。

お忍びでやってきたのか王族にしては質素な服を纏《まと》っているが、夜空に浮かぶ星々をより合わせたような白金の髪に、夜明け前の静謐《せいひつ》な空を思わせる紫の瞳と、同じ色彩を持つ兄弟が並ぶ様子は、見惚《みと》れるを通り越して圧倒される。視覚の暴力といっても過言ではない。城で勤める人々は彼らを前にしながらも平静を保っているのだろうか、尊敬する。

兄弟の美しさに打ちのめされ、ミレイアが扉の前で立ち尽くしていると、イグナシオが、いまやくすんで見えるソファから立ちあがった。

「ミレイアさん、また会えてよかった」

ほんわりと頬を染めて、イグナシオが微笑《ほほえ》んだ。花がほころぶなんてかわいらしいものではなく、巨大な花束で頭を殴《なぐ》られるような衝撃を受けたミレイアは、奇《く》しくも我に返り、すぐさま淑女《しゅくじょ》の礼をとった。

「ご無沙汰《ぶさた》いたしております、殿下。先日は、せっかくお誘い頂いたお茶会を途中退席してしまい、大変失礼いたしました」

「あの日のことは、私の方が悪かったとわかっているから、気にしないでください」

慈悲《じひ》深く微笑む様子はまさに天使。だが、彼の本性を垣間見《かいまみ》てしまったいまとなっては、素直に安心できなかった。

「兄さん、こちらがミレイア・アスコート令嬢だよ」

「初めまして、アスコート子爵の娘、ミレイアと申します。王太子殿下と言葉を交わせること、身に余る光栄と存じます」

「初めまして。エミディオ・ディ・アレサンドリだ。君のことはイグナシオから聞いているよ。茶会を途中退席してから、手紙ひとつ届かないとこぼしていたからね」

「ちょっと、兄さん！　余計なことは言わないでくれよ」

恥ずかしそうに注意するイグナシオを、王太子――エミディオが無邪気に笑う。見目麗《みめうるわ》しい兄弟の戯《たわむ》れだが、聞いているミレイアは冷や汗がとまらなかった。

まさか、イグナシオが手紙を待っていただなんて。

ただの子爵令嬢でしかないミレイアが手紙を送ったところで、せいぜい検閲《けんえつ》して書状が届いた報告とかいつまんだ内容を伝えるだけだろうと思っていた。しかも、莫大《ばくだい》な報告の中のひとつでしかないだろうから、あってもなくてもわからないだろうとたかをくくっていたのに。

どんなに嫌な相手であろうと、面倒に感じようとも、人と人の繋《つな》がりをおろそかにしてはならない――バートレイ夫妻の教えが、いまさらながら脳内で響く。

どうやって切り抜けようと笑顔の下で必死に考えていると、「そんなことよりも」とエミディオが話題を転換した。

「イグナシオと一緒に、妻へのプレゼントを選んでくれたそうだね。ひどいつわりで寝てばかりいたビオレッタが、久しぶりに笑顔を見せてくれたよ。ありがとう」

「い、いいえ、私はただお手伝いをさせて頂いただけで、選んだのはイグナシオ殿下でございます。どうか、感謝の言葉はイグナシオ殿下に」

慌てて頭を下げながら、ミレイアは密かに頬を緩《ゆる》めた。手伝いをしただけとはいえ、自分が関わった贈り物を喜んでもらえるというのはうれしい。

「君の言うとおり、イグナシオが贈り物をしようと思わなければなにも始まらなかったのだろう。だが、君の手助けがなければ、きっとビオレッタが笑顔を浮かべることはなかったと思うんだ」

「その通りですよ、兄さん。彼女の目は確かです。まだまだ年若い女性だというのに、バートレイ商会の拠点長を任されるだけあります」

「そうだったな。イグナシオと三つしか年が変わらないというのに、なんと立派な」

もうすぐ十九歳に突入しますので、四歳差になりますよ、と水を差すことはしなかった。

イグナシオとエミディオは顔を見合わせ、ミレイアを褒《ほ》めそやしながら大仰《おおぎょう》にうなずく。

なんだかわざとらしいというか、芝居じみているように見えるのは気のせいだろうか。

笑顔は保ったまま、内心で警戒していると、イグナシオが着席を促した。あまり長居したくないというのが本音だが、断れるはずもないのでおとなしく向かいのソファに腰掛ける。

ミレイアの分と一緒に新たに用意されたお茶をひとくち味わったエミディオは、手に持つソーサーにカップを置きながら口火を切った。

「さて、今回我々がそろってあなたに会いに来たのは、折り入って頼みがあるからなんだ」

イグナシオだけでなくエミディオまでやってきたと聞いたときから、なにかあるなと思っていたため、ミレイアはとくに驚くでもなく「頼みごとですか」とうなずく。

「私にできることであれば、なんなりとお申し付けください」

不可能な場合は断ります、という言葉を暗にこめて続きを促せば、エミディオは軽く辺りを見渡した。

おそらくは、人払いを望んでの仕草なのだろうが、貴族や王族相手に商売をしている王都支店の従業員たちは、お茶といったおもてなしの用意が済むなり退出している。すでに、部屋にはミレイアたち三人しかいなかった。

従業員の的確な心遣いに感じ入ったのか、エミディオは「ほう」と声を漏《も》らしてから、改めてミレイアへと向き直った。

「実はいま、ヴォワールから私と妻へ招待状が届いていてね」

招待状とは、なにか式典でも開催されるのだろうか。となると、手土産《てみやげ》を用意したい、というところか。しかしあいにく、ミレイアはヴォワールについてはあまり明るくない。なんの行事が行われるのか想像すらできない状態だった。

「申し訳ありません。恥《はじ》を承知でおたずねしますが、どのような式典が行われるのですか？」

「あぁ、違うんだよ。とくになにか特別なことがあるわけではないんだ。ただ単に、両国の友好のため、光の巫女《みこ》に言祝《ことほ》ぎをもらいたい、と言い出してきたのだよ」

「光の巫女様の、言祝ぎ……ですか？」

エミディオの言葉を繰り返すミレイアの表情には、不可解だという気持ちが色濃く現れている。それを見たイグナシオとエミディオも、さもありなんとばかりに大きくうなずいた。

ヴォワールという国はアレサンドリ神国の北東に位置しており、力を司《つかさど》る神を信仰し強さこそがすべてと豪語する国だった。それは守るべき領民に対しても徹底されており、冬の厳しい寒さに耐えきれず命を落とす民がいても、寒さに負ける者が悪いといってなんの政策もとらないという。

そんな、徹底的な弱肉強食主義であるヴォワールが、光の神の代行者である光の巫女から言祝ぎをもらいたい、などと、本気で思っているのだろうか。

「十中八九、嘘だろうな。おおかた、美の女神と謳《うた》われるビオレッタを見たいのだろう。招いてくる辺り、もしかしたらそのまま拘束《こうそく》して自分のものにしてしまおう、と考えているかもな」

なんてことないようにさらりと言って、エミディオは笑う。その笑顔のあまりの暗さに、ミレイアは金縛《かなしば》りにあったかのように身体《からだ》をこわばらせた。

「ミレイアさんが怖がっているでしょう。自重してください、兄さん」

見かねたイグナシオがたしなめると、エミディオも無意識のことだったのか「おっと、ついつい……すまないね」と貫くような雰囲気《ふんいき》を霧散《むさん》させた。

大きく息を吐いて、ミレイアは自分が呼吸すら忘れて固まっていたのだと自覚した。イグナシオの本性を見たときもかわいい顔して恐ろしいと思ったものだが、エミディオにいたっては彼の逆鱗《げきりん》に触れれば命はない、という危機感を覚えた。この差は年の功《こう》なのか、将来神王となる者の覇気《はき》というものなのか。

後者であってほしいなぁと思いつつ、この一瞬で十分に感じ取れたエミディオの重たい愛を一身に受け止めるビオレッタに、心から同情した。

「とにかく、身重の、しかも重度のつわりに苦しむビオレッタをヴォワールへ向かわせるなど、と、無理な話だ。当然断るとして、だが、せっかくの機会を不意にするのももったいないと思ってね」

せっかくの機会とは、いったい何のことを言っているのだろう。話についていけなくて当惑するミレイアへ、イグナシオは失望するでもなく優しく微笑《ほほえ》みながら説明した。

「我が国がヴォワールに対して食糧支援を行っているのはご存じですよね？」

「三年前に行った、ヴォワールの末王女との政略結婚によって始められたものですね。存じ上げております」

政略結婚といいながら、実際のところは人質である。しかも相手はアレサンドリの王族ではなく、光の巫女の護衛騎士だった。一隊の隊長ではあるが、他国の王族を娶《めと》るには身分が不相応すぎる。

にもかかわらず、ヴォワールは婚姻を強く望んだ。それだけアレサンドリからの援助が必要だった、ともとれるのだが――

「弱き者は勝手にのたれ死ねばいい、と豪語する彼《か》の国が、飢《う》えに苦しむ国民のために支援を望むと思いますか？」

「アレサンドリが送った食糧を金に換えて、なにかよからぬ画策をしている、と？」

「さすが、ミレイアさんだ。話が早い。我々はそう考えております」

「ちなみに、どうして金に換えていると思ったのか、君の考えを聞かせてほしい」

イグナシオに比べるとずっと怜悧《れいり》な紫の瞳に射貫《いぬ》かれ、ミレイアは息を呑《の》んだが、すぐに下腹に力をこめて見返した。

「ヴォワールは作物が育たず、長い冬のほとんどが雪に覆《おお》われているため、酪農も大規模に行えません。唯一、宝石の産出で利益を得ていたようですが、ここ数年は掘り尽くされて売り物にならない屑石ばかりが出回っております。新しい鉱山が見つかったという話も聞きませんし、アレサンドリからの支援をなにかに換えるとするなら、まずは金銭だろうと予想いたしました」

「彼の国は現王の代になってから周辺国を併呑《へいどん》している。そこで新たな産業を見いだしたかもしれないぞ」

エミディオの指摘を、ミレイアは首を横に振って否定した。

「ヴォワールが併呑した国はどれも小さく、都市国家といった方がいいものばかりでした。細々と、のどかに暮らすことはできても、ヴォワールの国庫を潤す産業は持ち合わせておりません。そういった国はヴォワールにつけいれられぬよう、国防に力をいれております」

むしろ、痩《や》せた国土と養うべき民を抱えるばかりで、ヴォワールにとってまったく利のない併呑だった。巻き込まれた小国の人々を思うと、痛ましさのあまり息苦しくさえなる。

胸元を押さえ、長い息を吐いた。ミレイアの様子を見たイグナシオが、目元をゆがめた。

「なにか、嫌な記憶を思い起こさせてしまったみたいですね。知識として知っている我々と違い、商人として国を渡り歩くあなたには、きっと生々しい現実を見たことがあるのでしょう。配慮《はいりょ》が足りませんでしたね。申し訳ありません」

「いいえ。私は見ていただけです。見ることしかできなかった私に、殿下のような尊《とうと》きお方に慮《おもんぱか》っていただく必要などございません」

本当に心を砕《くだ》くべき民は、他にいる——願いをこめてふたりを見つめたが、イグナシオは視線を落として唇を噛《か》み、エミディオにいたっては目を閉じて小さく頭を振った。

「残念ながら、我々が守るべきはこの国に住まう民だ。どれだけジレンマを抱えていようとも、他国のことに口を出すことはできない」

非情な言葉は、将来国を背負う立場にある王太子にふさわしいものだ。

ミレイアもわかっている。わかっているからこそ、黙って膝の上でそろえた両手を握りしめた。

その手に、誰かの手が重なる。知らずうつむけていた顔を上げれば、イグナシオが身を乗り出し、ミレイアの手を包み込んでいた。

「我々に、ヴォワールの民を救う手はありません。ですが、新たな被害者を生まないため、動く機会が巡ってきたのです」

「……それが、今回の招待だと？」

イグナシオはうなずくと、堅く握りしめたままだったミレイアの両手を慎重に開いた。手のひらに食い込んだ爪の痕ができているのを見るなり、隣へ移動して慰めるように手のひらを撫《な》でた。

「我々が送った食糧を、本当に国民のために使っているのなら、これからも支援を続けよう。だが、もしもそうでないのなら。新たな悲劇を生む準備に使われているのであれば、我々は支援を打ち切る」

毅然《きぜん》と、エミディオが宣言する。息を呑むミレイアの手を握りしめて、隣に座るイグナシオが身を寄せた。

「正確な判断を下すために、ミレイアさん、王太子夫妻の名代としてヴォワールへ赴《おもむ》く私に着いてきてくれませんか。私の、婚約者として」

部屋に沈黙が落ちる。まるで世界から音が消えたかのように、静まりかえった。

「…………って、婚約!?」

身動きひとつせずに呆然《ぼうぜん》としていたミレイアだが、こらえきれず叫んだ。

一方、イグナシオは落ち着いた様子で「当然でしょう」とうなずく。

「王太子夫妻の名代として赴《おもむ》くのに、王家となんの関係もない女性をパートナーとして連れて行けないでしょう」

「パートナーじゃなくても、侍女《じじょ》として連れて行けばいいじゃないですか！」

「侍女ではずっと行動を共にできません。支援を継続するか否《いな》か、大切な判断が掛かっているのですよ。万全の態勢を整えるべきです」

冷静に諭《さと》されて、ミレイアは困惑する。確かに侍女では夜会や晩餐会《ばんさんかい》といった公《おおやけ》の場に同席することはできないけれど、イグナシオとは別で調査できることがあるのではないか。

だが、イグナシオは婚約者として赴くことこそが万全だと言う。なにをもってそう断言できるのかわからず、ミレイアはエミディオへと視線を向けた。すると、彼は真剣な表情でうなずいた。

「いいかい、ミレイア嬢。イグナシオの婚約者という立場は、君がヴォワールへ赴くにあたり、必要な立場なのだよ」

「……つまりは、ヴォワールへ同行するための婚約だと？」

「そうです」と、イグナシオとエミディオがそろってうなずいた。

「婚約期間は、ヴォワールから帰国するまで。もちろん、婚約したからといってあなたを王城へ呼び寄せるつもりもありません。ヴォワールへ旅立つ当日まで、あなたはここでこれまで通り仕事を続けていてください。大丈夫です。この婚約は、私のパートナーとしてヴォワールへ赴くために結ぶのです」

　婚約期間を明確に提示してくれる、というのは大変ありがたい。この婚約は、あくまでも調査を円滑に進めるための処置であって、他意はない。間違ってもミレイアが王族に仲間入りすることはない、ということだ。

　ただ、契約するときはきちんと内容を確認し合ってから結ぶべし。というのが商人の鉄則である。ミレイアがもっと詳しい話を聞こうとしたところで、イグナシオがずっと握りしめていた両手を解放した。

　手の甲を包んでいた温もりがなくなって、ミレイアは寂しさなのか不安なのかわからない不可解な感情を覚えた。初めての感情に驚き戸惑っている間に、すぐ目の前に迫っていたイグナシオが顔をそむけた。

「せっかく手に入れたあなたの自由を壊さぬよう、私は最大限努力するつもりです。ですが、いくら必要と言われようとも、あなたがどうしても婚約したくないと、私と婚約できないとおっしゃるのであれば……無理強《じ》いはいたしません」

顔をうつむけ、声を振り絞《しぼ》るように肩をふるわせた。目を伏せているので、成人男性と比べるとまだ柔らかさの残る頬《ほお》にまつげの影が落ちている。

ミレイアの庇護欲《ひごよく》をこれでもかと刺激したが、だまされてはならない。

イグナシオとは、天使と見まごう清らかな美貌《びぼう》の下で、いろいろと策謀《さくぼう》を張り巡らせる人なのだ。きっと今回の婚約についても、なにか他に狙いが――

「ミレイアさんは、私を嫌っておりますか？」

顔をそむけたまま、伏せていた目線をミレイアへと向けた。

まるで森の奥に置き去りにされる幼子のような、心細そうな紫のまなざしを前に、

「します、婚約！　しますから、どうか安心してください！」

ミレイアは、あっさりと陥落したのだった。

後悔《こうかい》先に立たず、とは、昔の人はよく言ったものである。

「お待ちしておりました、殿下、ミレイアさん。短い時間ですが、どうか、ごゆっくりしていってください」

ヴォワールとの国境を預かるベルトラン家の屋敷にて、ベルトラン夫人——ノエリアの歓待を受けながらミレイアはしみじみと思った。

本当は金色の派手派手しい馬車でイグナシオが迎えに来たときから後悔していた。さらにそこへノエリアまで出てきたものだから、スカートを抱えて思い切り走り去りたい衝動に駆られた。

あの問題の茶会の後、ミレイアが謝罪の手紙を送り、さらにノエリアからも気にする必要はないとの返事をいただいていたが、直接会うには、まだ少々覚悟ができていなかった。

べつにノエリアに対して悪感情を持っているわけではない。ただただ、気まずいのだ。

しかし、そんな感情などおくびにも出さず、ミレイアは淑女《しゆくじよ》の礼をとった。

「ご無沙汰《ぶさた》しております、ベルトラン夫人。その節は、勝手な行動をとって申し訳ありませんでした」

「あのことについては、手紙で伝えたとおり気になさらないで。それよりも、ここまで疲れたでしょう。どうか少しだけでも身体《からだ》を休めてね」

イグナシオとエミディオからの依頼を引き受けてから数日。改めて迎えに来たイグナシオに連れられて、ミレイアはヴォワールを目指して馬車の旅に出ていた。

ノエリアの夫が治めるベルトラン領は、ヴォワールとの国境を守っている。ゆえに、彼《か》の国へ陸路で向かうなら必ずベルトラン領を通らなければならず、距離的に考えてもベルトラン家の屋敷で一泊するのは必然だった。

時刻はすでに夕刻に迫っている。ノエリアの案内であかね色に染まった屋敷へ入ると、玄関広間に三歳になるかならないかの、小さな小さな女の子がふたり、立っていた。

「あらあら、ロレーナ、イライア。お客様をお出迎えに来たの？」

ノエリアに名前を呼ばれたふたりのうち、ひとりは目をきらきらと輝かせながら大きくうなずき、もうひとりは相方の背に隠れながら不安そうにこちらをのぞいている。

どうやらこのふたりは性格がずいぶんと違うらしい。まだまだ幼いというのに、こんなにも性格が表れるのだな、とミレイアは思わず感心してしまった。

「殿下、ミレイアさん、紹介いたします。こちら、私の娘たちでロレーナとイライアと申します。ほら、ふたりとも挨拶《あいさつ》して」

ノエリアに促され、ふたりの幼子はスカートをむんずと持ち上げて「ちわ！」「こん、ちわ」と言った。おそらくは、「こんにちは」と言っているのだろう。そして、淑女の礼をしているのだと思われるが、スカートを持ち上げすぎて太ももの辺りまで見えている。その、不器用ながらも一生懸命な姿が、ミレイアの母性本能をぐっさりと突き刺した。

「初めまして、かわいいお姫様たち。私は、ミレイア・アスコートと申します。どうか、仲良くしてくださいね」

膝を床につき、子供たちと視線の高さを同じにしてから、ミレイアは挨拶をする。大きく頭を下げたあとにふたりの表情を窺《うかが》うと、少し戸惑った表情をしていたものの怖がってはいなかったので、両手を差しだしてみた。

ふたりの幼子はさしのべられる手をじっと見つめていたが、やがて、後ろに隠れていたほうの子供が動き出し、ミレイアの手を取る。続いて、もうひとりの子供も近寄ってきて、抱っこしてとばかりに首にしがみついた。

ふたりの行動を見て、驚きの声をあげたのはノエリアだ。

「まぁまぁまぁ！　すごいわ、ミレイアさん。イライアならまだしも、人見知りがひどいロレーナが自分から近づくなんて」

ノエリアの話を聞きながら、首に抱きついているのがイライアで、手を握りしめている方がロレーナなのだと知る。

「私のことを気に入ってくれたのなら、すごくうれしいです。せっかくですので、ふたりと遊んできてもいいですか？」

どうせこのあと辺境伯とイグナシオは、ふたりで難しい話をする予定だ。その間ミレイアはひとりで待っているのだし、子供たちと遊んでも問題ないはずだ。外で遊ぶには少し遅い時間だが、絵本を読むくらいはできるだろう。

ふたりと手をつないで、ミレイアは立ちあがった。ノエリアは片頬に手を添え、困ったように首を傾《かし》げた。

「こちらとしてはうれしい申し出だけれど……疲れているところに無理をさせてしまいませんこと？」

「ご心配には及びません。仕入れの関係で、旅には慣れているのです。王族の馬車は乗り心地がよくて、まったく疲れなんて感じておりません。むしろ、晩餐《ばんさん》で振る舞われるご馳走《ちそう》のためにも、もっとお腹をすかせておきたいくらいです」

おどけながらそう言ってみせると、ノエリアは目を丸くしたあと、ほっと優しい笑みを浮かべた。

「ありがとう。では、子供たちの部屋で絵本の読み聞かせをしていただけるかしら？　殿下を主人のところへ案内してから、私も向かいますわ」

「わかりました。じゃあ、私と一緒に行こうか。ふたりのお部屋へ連れて行ってくれる？」

「あい！」

「こっちぃ」

ロレーナとイライアはそれぞれ返事をすると、ミレイアの手をぐいぐいと引っ張り始める。もちろん、母親へ向けて言ってきますとばかりに手を振るのも忘れない。なんとかわいらしい生き物だろうと、ミレイアは心中でもだえた。

子供部屋まで移動してくると、きちんと大人の話を理解していたらしいふたりは、それぞれお気に入りの絵本を持ってきた。

乳母の薦《すす》めに従って三人掛けのソファに腰掛け、左右に座る子供たちがミレイアの手元の本をのぞき込む。

子供特有の、柔らかで軽い重みになんとも言えない幸福感を覚えながら、ミレイアは絵本を読み始めた。


「ミレイアさん、お待たせいたしました。ごめんなさいね、お客様だというのに、子供の面倒を見ていただくなんて。大変だったでしょう？」

子供部屋にやってきたノエリアがそう声をかけてきたとき、ミレイアはおままごとの真っ最中だった。右側から差しだされた料理を食べ終わると、今度は左側から新たな料理が振る舞われ、それが終わると右側から……と、ひたすら繰り返していたところだった。

三人の様子を見て現状を正しく察したのだろう。ノエリアは、それはもう申し訳なさそうな顔をした。

「あの、ノエリア様、本当に気になさらないでください。私も楽しんで遊んでおりましたので」

「そう、なの？　だったら、こちらとしてもうれしいわ。娘たちとたくさん遊んでくださって、ありがとうございます。でも、そろそろ眠る準備を始めなくては」

ノエリアが遊び時間の終了を告げると、乳母とメイドが近寄ってきて、子供たちを抱きあげる。

お利口さんなふたりはとくにいやがるでもなく素直に抱きあげられ、ミレイアへ向けて手を振りながらいずこかへと運ばれていった。

「さて、と。殿方《とのがた》はもう少し話し合いが続きそうですし、お茶でもいかがかしら」

「そうですね。ぜひ、お願いいたします」

子供たちと遊んで喉《のど》が渇《かわ》いていたミレイアは快諾《かいだく》し、ノエリアの案内で別室へ移動すると、すでに茶会の準備がされたテーブルに着いた。ミレイアが席に着くなり、ノエリア自らお茶を淹《い》れ始める。

「本当に、ありがとうミレイアさん。あなたのおかげで、今夜の子供たちはよく眠ってくれそうよ」

お茶会では婦人方の長《おさ》という雰囲気《ふんいき》のノエリアだが、こうやって話す姿はまさに母親である。

「私も、今夜はご馳走を堪能《たんのう》できそうです」

お腹に手を添えながら伝えれば、ノエリアはぷっと噴き出して笑った。

「そういえば、まだ伝えていなかったわね。ご婚約、おめでとうございます」

お茶をいただいてほっとひと息ついたかと思えば、ノエリアがとんでもない爆弾を投下した。

思わず噴き出しそうになり、ミレイアは口を両手で覆《おお》ってうめいた。

恐ろしい話だが、ノエリアの言うとおり、ミレイアは正式にイグナシオと婚約している。

エミディオの説得とイグナシオの醸《かも》し出す庇護欲に負けたミレイアが承諾《しょうだく》すると、彼らはすぐさま行動に移した。

なんと、婚約証明書を持参していたのだ。しかも、しっかりミレイアの両親の署名済みだった。

ミレイアの意思を尊重するとかなんとか言いながら、すでに両親に話を通しているだなんて。断らせるつもりなど、最初からなかったのだ。

非常に腹立たしかったが、すべては後の祭りである。押し切られる形でふたりの婚約は結ばれたのだった。

「王族の婚約だというのに婚約式を行わないなんて、よほど急いでいたのね。ヴォワールへ向かう日程を考えたら、仕方がないのだけど……帰ってから行う、という予定はないの？」

「いえ、そのような話はいまのところ聞いておりません」

そもそも、この婚約はヴォワール訪問の間だけだ。それは何度も確認しているので間違いない。

イグナシオだって言っていた。婚約期間は、ヴォワールから帰国するまでだと。

下手《へた》なことを言ってぼろが出やしないだろうかと、ミレイアが戦々恐々としていると、視線を落としたノエリアが「実はね……」と切り出した。

「あなたはもう気づいていると思うけれど、あの日のお茶会は、殿下が仕組んだ罠《わな》だったのよ。まさかあそこまでひどい有様になるとは思わなかったのだけど。でも、一番驚いたのは、殿下の様子なの」

「殿下の、様子ですか？」と問いかけると、顔を上げたノエリアは、若干《じゃっかん》前のめりになりながら何度もうなずいた。

「いつもにこにこ笑って他人を見下してばかりいるあの従弟《いとこ》殿が、最低限場を取り繕《つくろ》うなりあなたを追いかけたのですもの。やっと特別を見つけたのね、と感慨《かんがい》深く感じたものだわ」

前のめりとなっていた姿勢を正し、安堵《あんど》の息をこぼす。

「年の離れた従弟だから、殿下のことは幼い頃より知っているのだけど、とにかく男女構わず変態をひきつける妙な色香を持つ子で……」

まさかの告白に、さすがのミレイアもお茶を噴き出した。幸い、カップで受け止めたため、被害は自分の顔だけで済んだ。すかさず、隅に控えていた侍女《じじょ》が布巾を渡してくれる。

「成長するにつれ襲われることはなくなったのだけど、人間不信がものすごいことになってしまってね。あ、もちろんすべて未然に防がれてはいるのよ。そこは安心してね」

「お、襲われ……」

ミレイアは唖然《あぜん》とつぶやく。

未然に防がれたとはいえ、幼い頃より男女問わずよこしまな目で見つめられ続けたのならば、人間不信にもなるだろう。ミレイアなら世をはかなむか、ひきこもるかしそうだ。

「どんなときも誰が相手でもにこにこ笑って、そのくせ心の中では全員を見下し、拒絶する。そんな子だったから、きちんと結婚できるのか心配だったのよ。でも、ミレイアさんみたいな素敵な人なら安心ね」

本心なのだろう。ふたりの娘を見つめていたときのような穏やかな表情で、ノエリアは言った。

こんなにも喜んでくれている人に、この婚約は仮初《かりそ》めのものです、なんて残酷《ざんこく》なことが言えるはずもなく。ミレイアは曖昧《あいまい》に笑いながらも、「ありがとうございます」と礼を言った。


一夜明け、まだ夜も明けきらぬ薄紫の空の下、ミレイアとイグナシオはベルトラン一家に見送られながらヴォワールへと旅立った。

普段なら眠っている時間であろうロレーナとイライアの姉妹まで出てきて、しかもミレイアを惜しんで涙まで流した。ついつい、帰りも泊まっていくよ、と言いそうになったが、ミレイアに決定権はないため、断腸《だんちょう》の思いでお別れした。

馬車が走り出してもなお、ちらちらと後方を気にするミレイアを見て、向かいに座るイグナシオは言った。

「昨日から思っていたことなのですが……もしやミレイアさんは、子供が好きなのですか？」

双子《ふたご》姉妹にメロメロな様子を見れば、気づかれて当然である。きちんと椅子《いす》に座り直したミレイアは、落ち着きない自分を振り返り、縮こまりながら「はい」と答えた。

「子供の扱いに慣れていたようにお見受けしたのですが……たしか、お兄様はまだご結婚されていませんよね？」

田舎《いなか》貴族はたとえ嫡男《ちゃくなん》であってもなかなかいい相手が見つからないのだ。最近、やっと婚約者が決まったところだった。

「商人として様々な方とご縁を結んでいきますと、お子さんを抱えたご夫人と出会う機会も多くてですね……」

自宅に工房を構える職人は多い。そういう人達と工房で商談していると、子供が乱入してくることは日常茶飯事《さはんじ》だった。むしろ、ミレイアが子供をあやしつつ職人と話す、ということも珍しくない。

「なんといいますか……子供って、こう、いてくれるだけで心が温かくなるというか、ふくふくしい手に触れると、言い表しようのない幸福感が込み上がってくるのです」

「いわゆる、母性本能というものでしょうかね」

「そ、そうなんでしょうか……母親になる予定もないんですけどねぇ……」

思わず、乾いた笑いが込み上がる。

ミレイアの様子を見たイグナシオは首を傾《かし》げた。

「それは、子供を産みたくないと？」

「そんなことはありません！」

思わず強い声で否定してしまい。ミレイアは気まずさのあまりしゅんと肩を落とした。

子供はほしい。実際に母親になれば、かわいいだけでなく憎らしかったり大変だったりするのはわかっている。それでも、ノエリアのあの幸せそうな顔を見ると、大変さを補《おぎな》ってあまりある幸福が訪れるのだろうと思うから。

しかし、子供を得るためには結婚しなくてはならない。結婚しようとすると、今度は仕事を続けられなくなる。

拠点長である自分がいなくてはアルモデ拠点が立ちゆかなくなる、なんて思ってはいない。ただ、せっかく自分の力で手にした成果を、手放したくないだけなのだ。

結婚する予定がまったく立たない現在、自分が母親になれない可能性にもきちんと向き合っている。だからこそ余計に、子供を見ると構いたくて仕方なくなるのだろう。

「……せめて、私ひとりで子供が産めたなら……」

自然の摂理を無視する願望だが、思わずにはいられない。

いまの生活を捨てるくらいなら夫はいらない。子供だけほしい。それがミレイアの本音だった。

なんと浅ましい願いなのだろう。自分勝手な思考に嫌気がさす。

唯一の救いは、そんな願望が叶うことは絶対にありえないことか。

「……ひとつ、疑問があるのです。あなたは以前から結婚をあきらめているようですが、どうしてですか？　私が婚約を申し込む前から、いくつか打診《だしん》があったと聞いております。それなのに、なぜ？」

先ほどから、ずいぶんと踏み込んだ問いかけばかりしてくるものだ。そう思ってミレイアが顔を上げれば、こちらを見つめるイグナシオは、いつものように人の庇護《ひご》欲を刺激して意のままに動かそうと言うあざとさも、人を見下して拒絶する高慢さもない。ただただ純粋に疑問に思ったのだろう。

なんだかいちいち気にする自分が肩肘張っているように感じられて、ミレイアは全部ぶちまけることにした。開き直った、ともいう。

「結婚すれば、いまの生活に変化が訪れるでしょう。私は、仕事を辞めたくありません」

「どうして結婚すると仕事を辞めることになるのですか？　そのまま、続ければいいではありませんか」

考えもしなかった意見に、ミレイアは眉間《みけん》にしわを寄せて口をへの字に曲げるという、王族に対してやってはならない顔をした。

仕方がないだろう。だって、結婚とは基本的に、相手方の家に入ることを示す。貴族と結婚すれば仕事を辞め、夫人として家を守らねばならない。では商人ならばどうか。それも一緒だ。働くことは継続できるかも知れないが、相手方の店の女主人として動かねばならない。アルモデ拠点からは手を引くしかないだろう。それでは意味がない。アルモデ拠点長という地位は、ミレイアの努力の結晶であり、結果であり、そしてこの道が正しかったと胸を張れる〝証《あかし》〟なのだから。

しかしイグナシオは首を横に振った。

「どうしてそこで自分が仕事を辞めなければならないと考えるのですか。いまの仕事を続けてもいいと言ってくれる相手を選べばいいではありませんか」

「いまの仕事を続けていい、と言ってくれる相手？」

そんな人、存在するのだろうか。

ミレイアの表情から胸中の疑問を感じ取ったのだろう。イグナシオは「いますよ」と答え、身を乗り出した。

「私は男勝《まさ》りに働くあなたを好ましく思っています。私と結婚したならば、あなたにいまの仕事を辞めろなどと言わないと誓いましょう」

なにを言っているのかわからず、ミレイアは呆然《ぼうぜん》とした。そんな彼女の手を取り、イグナシオは顔を近づける。手の甲に柔らかな温もりが触れたと感じた瞬間、ミレイアの全身に電撃が走った。

「な……ななななな、なにをしているのですか!?」

悲鳴をあげながら手を引き抜く。抵抗することなくミレイアの手を離したイグナシオは、アメシストの瞳を瞬かせて、「口づけをしました」と答えた。

仕草や表情こそ純真無垢《むく》だが、なんてことを言い出すのか。ミレイアは真っ赤になって「く、口づ……」とまともな言葉すら発せられなくなった。

しばしミレイアの様子を観察していたイグナシオは、ふっと息を吐いて笑みを浮かべた。目はわずかに細まり、口は三日月のようなきれいな弧を描いている。だが、瞳は一切笑っていない。

別人ですかと問いただしたくなるほど雰囲気《ふんいき》を変えた彼は、背もたれに身体《からだ》を預け、優雅に足を組んだ。

王子然とした空気に一瞬気圧《けお》されたミレイアだが、おかげで混乱の極《きわ》みにいた頭がはっきりしてきた。

まだ柔らかな感触が残る手の甲を必死に撫《な》でさすりながら、イグナシオをにらんだ。

「趣味の悪い冗談はやめてください、殿下！　王族であるあなたと結婚したら、社交だなんだと忙しくて仕事など続けられないではありませんか」

「そうでもありませんよ。王太子となった兄が王位を継ぐのも時間の問題でしょう。そのとき私は臣籍《しんせき》に降ります。その際、なにを生業《なりわい》にして生きていくか決める自由が、私にはある。叔《お》父上《じうえ》が聖地を守る神官を選んだみたいにね」

王族である彼は王籍から外れてもなお、国を支え続ける義務が伴《ともな》う。それは反対に、どのように国に関わるのか選ぶ権利がある、ともいえる。

城に残って国内の政《まつりごと》に関わるもよし、辺境伯となって国境を守るもよし、はたまた、外交官として世界中を飛び回る、という手もある。

「最低限参加しなければいけない社交はあるでしょう。ですが、それ以外は自由にしていただいて構わない。あなたが妻となってくださるのなら、私はあなたにふさわしい職を選びましょう。いかがですか？」

挑発するように、斜めに見下ろしてイグナシオは言った。

目を見開いたミレイアは、両手を握りしめる。

「ふざけるのも、いい加減にしてください！　この婚約は、ヴォワールを調査するために結ばれたものです。期限は帰国するまで。その条件を、違えるつもりはありません！」

声を強めて否定すれば、イグナシオはクックツと笑いながら「残念です」と言った。感情がこもっていないにもほどがある。

正直な気持ちを言えば、イグナシオの出した条件にぐらっときた。彼の言うことが本当であるなら、これ以上素晴らしい結婚相手はいないだろうと思った。

けれどそれは結局、世迷《よま》い言《ごと》だ。順当に考えれば公爵の位を戴《いただ》くであろうイグナシオと結婚して、アルモデ拠点長を続けるなど夢のまた夢だ。

『一緒に変化を楽しめるような相手と結婚なさい』

いつかのノエリアの言葉が頭をよぎる。

こんな腹に一物も二物も抱えていそうな人と結婚したら、良くも悪くも退屈しないだろう。変化すら楽しめるような、そんな気がした。

大地を分断する大きな河にさしかかり、馬車が停止した。

国境にたどり着いたからだ。この大河を越えれば、ヴォワールとなる。

ふたつの国を分かつ河には一本の橋が渡してあり、それぞれの終点には堅牢《けんろう》な門と各国の国旗がはためいていた。

ここまで、一目で王族が乗っているとわかる金色の馬車の周りを騎士が取り囲む形で進んできた。だが、それもここまでだ。

ひとたび門を越えれば、護衛の騎士の数はぐっと少なくなる。

「極端に少ない護衛の数を指定するなんて、なにかするつもりですと言っているようなものですよね」

護衛騎士の数が減る理由。それは、ヴォワール側が連れてくる騎士や従者の数に制限を設けてきたからだ。

イグナシオとミレイアに、それぞれ従者と侍女《じじょ》ひとりずつと、護衛にいたっては合わせて六人。最低限どころか、足りないくらいだった。

「あなたのおっしゃる通りですが……ヴォワールの内情を知る機会はそうそうありませんからね。多少の危険は承知の上です。だからこそ、あなたに船を出してもらったのでしょう」

護衛の数を制限された王家は、ひとつの策を考えた。

商人を連れて行くふりをして、騎士を送り込めないだろうか、と。馬車でなくあえて船で行くことで、万が一の逃走経路をふたつに増やすこともできる。

しかし、ここでひとつ問題が発生する。ヴォワールへ食糧支援を始めて三年。彼《か》の国から商人が入国することはあれど、アレサンドリの商人がヴォワールへ入国することはなかった。アレサンドリ側が禁止していたからだ。

だというのに、ここで突然、商人を連れて行くと言い出したら、怪しんでくれといっているようなものではないか。

そこで現れるのが、ミレイアだ。

「私の婚約者であるあなたが幹部を勤めるバートレイ商会が、この機会にヴォワールと交易を結ぼうとしても、なんら不思議ではありませんよね」

あくまで、イグナシオの婚約者で商人でもあるミレイアが、是非《ぜひ》ともヴォワールと交易を、と強く望んだから、特別に許可が下りた。そこに他意など存在しないのである。

「バートレイ商会で一番速い船を出しましたから、いまごろ港に着いていることでしょう。船には私の部下たちが乗っています。彼らに任せておけば、騎士が紛《まぎ》れ込んでいることはばれませんわ」

騎士を乗せた船の船長はスハイツが務め、アルモデ拠点の従業員が船員を務めている。彼らは商人というには強靱《きょうじん》な身体をしているから、騎士が混じったところで違和感など覚えないだろう。

「ずっと気になっていたのですが、あなたが抱える部下は何者なのですか？」

「何者って、ただの商人ですよ。でもそうですね、元々は海の男たちだったんです」

「商人であれ漁師であれ、王家に真正面から物申す者など、そうそういません」

王家側は最初、船だけバートレイ商会から借り受け、船員もすべて騎士で固めようとしていた。だが、それにスハイツが待ったをかけた。

万が一の保険として船を望むなら、バートレイ商会が所有する船の中で一番速いものを出すべきだ。そしてその船を乗りこなすことができるのは、自分たちだけ――そう主張した。

王家側はスハイツの主張を否定した。一般人を巻き込むことはできないと。しかしスハイツは退かなかった。だったら船を二隻《せき》だし、自分たちはもしもの時にミレイアだけを回収するために海で待機すると言い出したのだ。

結局、スハイツの気迫に押され、王家が折れることとなった。

当時を思い出したのか、イグナシオは苦笑をもらした。

「我々を裏切らないというのであれば、追及はしませんよ」

「約束いたしますわ。彼らは決して、殿下を裏切ったりいたしません」

ミレイアの敵にならない限り、だが。

あえて言わなかった言葉が聞こえたのか、イグナシオはあきらめるように頭を振ったのだった。


国境を越えてからさらに半日ほど馬車を走らせ、やっとたどり着いたヴォワール王城は、質実剛健《しつじつごうけん》という言葉が真っ先に思い浮かぶ、石造りの城だった。

灰色の巨大な岩がいくつも積み重なり、重苦しくも頑丈そうな城だ。だが、ひとたび中へ入ると、城は趣《おもむき》を変える。

ここは宝物庫かと聞きたくなるほど並べられた美術品。そのどれもが金、銀、宝石で彩《いろど》られているのはもちろんのこと、壁に掛かるタペストリーまでもが金糸や銀糸を用いており、ここまでくると絢爛豪華《けんらんごうか》を通り越して下品だった。

廊下《ろうか》の時点でこれなのだ。謁見《えっけん》の間はどんな空間になっているのだろうと、ミレイアは早くもげんなりしてきた。

しかし、王太子夫妻の名代としてやってきたのだ。きちんと国の代表として役目を果たそうと、気合いを入れた。


すぐさま始まった国王との謁見《えっけん》は、絶世の美姫《びき》と名高いビオレッタの名代であるミレイアが凡庸《ぼんよう》な顔をしていることに、王太子があからさまに落胆《らくたん》する、という場面はあったものの、つつがなく進んだ。

バートレイ商会の幹部であるミレイアが部下を連れてやってきたと聞いた国王がたいそう喜び、この機会に新たな交易を、と部下たちにある程度の自由を約束したところで、謁見はひとまず終了となった。

「まさか行動の自由を約束させるとは……あなたの交渉術には感服いたしました」

長旅で疲れた身体をしばし休ませるように、とあてがわれた部屋でふたりきりになるなり、イグナシオがミレイアを褒《ほ》めた。

「私の交渉能力というよりも、国王が自ら食いついてきた、という様子でしたよ。なりふり構っていられない状態なのでしょうね」

「我が国は食糧支援しかしておりませんから」

つまりは、何度か金銭面での援助を頼まれ、断っているということか。

「食糧さえあれば最低限生き抜くことはできます。贅沢《ぜいたく》なんてしなければいいんですよ」

アレサンドリの食料庫として、裕福ではないが食うには困らない生活をしていたアスコート家の人間からすると、ヴォワールの現状は自業自得《じごうじとく》のように思える。城内の美術品を売れば、きっと新しい事業を興《おこ》すだけの余裕が生まれるはずだ。

「ヴォワールの調査は私の部下にさせましょう。万が一ぼろが出てもいけませんから、紛《まぎ》れ込ませた騎士の方々には、予定通りでお願いします」

紛れ込んだ騎士たちは、ミレイアたちの警護を遠巻きにしつつ、いざというときの脱出経路である船を守ることになっている。

「王太子のあの落胆《らくたん》具合から見ても、兄上の予想はあながち外れていないかもしれません。ミレイアさん、くれぐれも気をつけるように」

「いやいや殿下、矛盾《むじゅん》しております。私に対して落胆した王太子が、どうしてなにかしようと思うのですか」

「人の価値は外見だけではありませんよ、ミレイアさん。強さを美徳とするこの国で、あなたのしたたかさは魅力的です」

「あの王太子に限って、そんなことはないと思いますけど……」

ミレイアとしては、自分よりもイグナシオの方が危ないと思っている。謁見の間で顔を合わせた王太子は、ミレイアの顔を見るなりあからさまに失望の表情を浮かべたものの、隣に立つイグナシオを見て目をぎらりと輝かせたのだ。

あれは絶対、ろくでもないことを考えている。

あんな気色の悪い目をした男が近づけば、イグナシオが穢《けが》れる。たとえ彼の内面が真っ黒でも、あんな男が近づいていい人ではない。

これから行われる歓迎の夜会に向け、ミレイアはひとり決意をするのだった。


ミレイアとイグナシオは婚約者ということもあり、寝室をふたつ構える居室をあてがわれていた。

共同である居間でくつろぐ暇もなく、それぞれの部屋で夜会の支度《したく》に取りかかった。

「あぁ、よく似合っておりますよ、ミレイアさん。まるで、夜の女神が私の前に降り立ったようだ。あなたのエスコートができる私は幸せ者ですね」

支度を終えたミレイアが居間まで出てくると、ソファでくつろいでいたイグナシオが、手にしていたカップをテーブルに戻して立ち上がる。

ミレイアの姿を頭の天辺《てっぺん》から足の先まで観察すると、感極まったように両手を広げて賛辞を述べた。

子供っぽい、大げさな仕草だが、美しくも可憐《かれん》なイグナシオがすると微笑《ほほえ》ましく見えるから不思議だ。きっとわかっていてやっているんだろうな、と思いつつ、きゅんとしてしまうのはもう仕方がない。

ミレイアは赤くなりそうな頰《ほお》を気合いで抑え、淑女《しゆくじよ》の礼をとった。

「お褒めいただき、光栄です。このような素晴らしいドレスまでご用意していただき、感激いたしております。ありがとうございます」

このたびのヴォワール訪問は王家から秘密裏《り》での依頼であるから、滞在中に必要となる身の回りのものはすべて王家側がそろえていた。当然、今宵《こよい》のドレスも王家が用意したものだった。

「ふふふっ。やはりあなたの赤みがかった髪には青がよく似合いますね。透き通った黄色の瞳がさらに色を増して、神秘的だ」

ミレイアが纏《まと》うのは薄いシフォン生地を幾重にも重ねて濃淡を描いたドレスで、大きく開いた胸元と二段になったドレスの裾《すそ》には金糸で刺繡《ししゆう》が施《ほどこ》してある。

ネックレスは髪に合わせたのか大ぶりのルビーをあしらい、高くあげた髪には瞳に合わせたトパーズが輝いている。

たったひとり連れてきた侍女《じじよ》は超一流を用意してくれたようで、ミレイアの地味顔がしとやかな美人に変貌《へんぼう》を遂《と》げている。見事な化粧《けしよう》詐欺《さぎ》だった。

対して、イグナシオは濃紺《のうこん》の礼服を纏《まと》っていた。光の加減によって銀色に輝いて見える不思議な生地は、イグナシオの神秘的な美しさを際立《きわだ》たせている。

肩や袖《そで》を飾る紐《ひも》は金。胸元には純白のタイを巻き、ミレイアのネックレスと同じルビーをあしらったピンを刺していた。

今宵《こよい》のふたりの衣装が対《つい》になっているのは明らかで、彼の言い方だと、イグナシオがドレスを選んだということか。

とうとう、こらえきれず頬に熱がこもる。

夜会のドレスを異性に選んでもらうなんて初めてだ。誰かにドレスを贈ってもらうというのは、こんなにときめくものとは知らなかった。仮初《かりそ》めの婚約とわかっていながら、思わずぐらっときてしまいそうだ。

熱を持つ頬を両手で覆《おお》い隠していると、その手を、イグナシオがとった。

「月の世界より降り立ちし夜の女神よ、今宵はどうか、私にあなたをエスコートする権利を」

軽く身をかがめ、ミレイアの瞳を見つめたまま手の甲に口づける。

三つ年下とは思えない色気に、ミレイアは顔を真っ赤に染めて「こ、こちらこそ、よろしくお願いします」と答えるしかできなかった。

ヴォワールという国は、とにかく強さを重んじる国だ。男性だけでなく女性も強くあれ、といわれている。

そんな国だからだろうか。歓迎のために開かれた夜会は、きらびやかな陰謀劇《いんぼうげき》というより、血湧き肉躍る戦い、という雰囲気《ふんいき》に包まれていた。

出てくる話題は政治や経済の話ではなく、狩りや決闘といった血なまぐさいものばかり。夫人方の話題も、男性の中で誰が一番強いのか、といったことばかりだった。

「国が違えば常識も違うと知ってはいましたが、こんなにも違うものですか」

貴族への挨拶《あいさつ》を終え、休憩がてら軽食をいただくと言って人混みを離れるなり、イグナシオが耳打ちした。

「ここまで独特な考え方をする国は、私でも初めてです」

答えながら、ミレイアは料理を口にする。テーブルに並ぶ見た目も華やかな料理たちを一口ずつ味わう間に、イグナシオが給仕から飲み物を受け取っていた。

「で、どうですか?」

ひととおり味見を終えたミレイアへ、グラスワインをさし出しながらイグナシオが問いかける。

受け取ったワインを口にしてほっとひと息ついてから、ミレイアは答えた。

「ここに出されている料理の材料は、アレサンドリが支援したものがほとんどのようですね」

実業家のもとで商《あきな》いを学ぶようになってから、ミレイアは生家であるアスコート家の発展にも尽力していた。アレサンドリの食料庫としての地位をより盤石《ばんじゃく》にするため、様々な地方の生産物を口にしては味の違いを研究した。

結果、アレサンドリの食材なら加工していても判別できるという、商人としても必要か否《いな》かわからない技能が手に入った。まさかこんな場所で役に立つとは思わなかった。

「ただ、王城で使われていたから換金していないと結論づけるのは早計だとは思いますが」

「自分たちが食べる分だけ確保して、後は金に換えている可能性もありますからね」

「街の様子を直接見られたらいいんですけどね」

すでにスハイツが調査に乗り出している。城下町どころか、港から移動してくるまでに通過するであろう集落はひととおり探りを入れているはずだ。わざわざミレイアたちが動かなくとも、明日かあさってにはなにかしら報告があるだろう。

頭でわかっていても、どうしても自分の目で確かめたくなる。商人の性《さが》だろうか。

うずうずする心を抑えながらグラスを傾けていると、隣で見ていたイグナシオが「わかりました」と答える。

いったい、なにがわかったのだろう。問いかけようと彼を見上げたとき、人混みをかき分けて近づいてくる人物がいた。

「おお、イグナシオ殿下、こちらにいらしたのですね」

ミレイアたちの前に現れたのは、左右に女性を侍《はべ》らせた王太子だった。

彼はアレサンドリの王太子であるエミディオよりも一回りほど年上で、豪傑《ごうけつ》という言葉がよく似合うたくましい体軀《たいく》の持ち主だ。

「これはこれは、王太子殿下。このたびは、私どものためにこのようなきらびやかな宴《うたげ》を開いてくださり、ありがとうございます」

「いやいや、厳《いか》つい外見だけでなく話す内容も色気のないものばかりだが、どうか楽しんでほしい。ところで……」

王太子はわざとらしく言葉を切ると、イグナシオの隣に立つミレイアの全身をねっとりと見つめた。

「そちらのお美しい方は、もしや婚約者殿ですか？　謁見《えっけん》の間でお会いしたときとは雰囲気が見違えていて驚きました」

王太子は両肩に抱いていた女性ふたりを解放すると、一歩、ミレイアへと近づいた。

「美しいお方、よろしければ、私と一曲踊っていただけませんか？」

ミレイアとしては遠慮《えんりよ》したい申し出だったが、王太子相手に断れるはずもない。差しだされた手に自らの手を重ねようと伸ばしたとき、ふたりの間にイグナシオが割り込んだ。

「申し訳ございません、王太子殿下。彼女をあなたと踊らせるわけにはいかないのです」

まさかの拒否に、ミレイアだけでなく遠巻きに様子をうかがう者たちも息を呑《の》む気配がした。

「私の誘いを、断ると？」

王太子の瞳が剣呑《けんのん》に細められ、地を這《は》うような声で問いかけられる。気のせいか、会場の空気が冷えたように感じた。

危機感を覚えたミレイアが、イグナシオを押しのけようと背中へ手を伸ばした。華奢《きゃしゃ》な見かけによらずイグナシオはふらつくこともなく、すっと、顔をそむけた。

「失礼だと、重々承知しております。ですが、王太子殿下のようなたくましい方とダンスを踊って、万が一にも愛想を尽かされたくないのです」

イグナシオは顔をそらしたまま、ふっと笑みをこぼす。世をはかなむような、見るものの胸を苦しくさせる笑顔だった。

「申し訳ありません。これは、私個人の勝手な感情だとわかっているのです。ですが、ただでさえ私の方が年下だというのに、体つきもこのように華奢で……ですからせめて、殿下のような男らしい方との接触はなるべく控えさせたい。そう思ってしまうのです」

自らをかき抱くように両腕を組んで前へ向き直り、イグナシオは笑う。少し潤んだアメシストの瞳、ほのかに丸みを残す輪郭《りんかく》。ミレイアよりは背が高いが成長過程と言える華奢な体躯。すべての要素が合わさって、見るものの庇護《ひご》欲をかき立てた。

それはまるで、物語の魔女が使う魅了の魔法。

儚《はかな》くも美しいイグナシオの笑みを見て、なんとしても彼を元気づけたいと思う。ヴォワールの王太子でさえも逆らえない強さだった。

「いやいやイグナシオ殿下、こちらこそ配慮《はいりよ》が足りなくて申し訳なかった。殿下はまだまだお若いのです。これからの努力次第で、未来は変えられますとも」

「そうでしょうか？」と視線を向ければ、王太子は頬を染めて「ご安心を！」と力強くうなずいた。

「よければ私が相談に乗りますぞ。ヴォワールは強さを美徳といたします。身体《からだ》を鍛えることについてはお任せください」

「本当ですか？」と、イグナシオは表情を明るくさせた。

「許されるならば、ヴォワールの騎士がどのような訓練を行っているのか見てみたいのです。きっと過酷《かこく》な訓練を行っているのでしょうね」

「では、騎士棟を見学させましょう」

「ヴォワールでは国民も筋骨たくましいと聞きました。本当なのでしょうか？」

「はっはっはっ。騎士ほどではありませんが、ヴォワールの民は常日頃から身体を鍛えておりますよ。市場へ行ってご覧になってください」

「市場！　きっと、強靱《きようじん》な身体を作る特別な食材を取り扱っているのでしょうね」

王太子の、ひいてはヴォワールの強さに憧れを抱くイグナシオと、それをほほえましく思いながら先達者《せんだつしや》として導こうとする王太子。

遠巻きにこちらを窺《うかが》う貴族たちには、そう映っていることだろう。

しかし、ミレイアは気づいていた。これはすべて、イグナシオの策略であると。

非力な自分をアピールして王太子の自尊心をくすぐり、自らの要望を通したのだ。

騎士の訓練が見たい＝ヴォワールの現兵力（士気や統率力、武具の質など）を確認したい。

市場を見たい＝支援した食糧がきちんと領民に届いているのか確認したい。

というのがイグナシオの思惑である。

少年と青年の過渡期《かとき》にあるイグナシオを導いているようで、実は彼の手のひらで転がされているのだ。

ご満悦に男らしさについて講釈《こうしゃく》を垂れる王太子と向き合っていたイグナシオが、グラスを傾けるふりをしつつミレイアへと視線を送る。グラスに隠れた口元をにやりとつり上げて邪悪に笑う彼を見て、ミレイアは引きつりそうになる笑顔を必死に保った。

さすがと言うべきか、イグナシオは王太子をコロコロコロコロ転がして、早速翌日、騎士棟と城下町を見学する約束を取り付けた。しかも騎士棟見学に関しては、夕方、王太子自ら案内するという。

この辺りは王太子がひとりで暴走しただけなのだが、すかさずミレイアが「騎士が扱う武器を見たことがない。商人として一流の品をこの目で見たいだけなのに、アレサンドリの騎士は女性に武器を近づけたがらない」とこぼすと、武器庫の見学まで申し出てくれた。

ミレイアとイグナシオは周りに気づかれぬよう目配せをする。互いに、よくやった、という気持ちをこめて。

一夜明けて、まさに散歩日和《びより》な快晴の空のもと、ミレイアとイグナシオは馬車に揺られてヴォワール王城を後にする。目的地は、王都で一番大きい市場だ。

登城時とは打って変わり、ミレイアたちが乗る馬車は飾り気のない黒塗りの馬車だった。スハイツたちが持ってきたバートレイ商会のものだ。

普段通りの民の生活を見たいから、王族だとわからないようお忍びで向かいたい。イグナシオのささやかな要望に、王太子はふたつ返事で了承した。

とはいえ、視察の細かな段取りはヴォワール側が決めているから、『見せても構わない場所』しか見られないだろうことは十分に理解していた。

馬車が停まり、御者が客車の扉を開ける。先に降りたイグナシオの手を借りながらミレイアも地面に降り立てば、そこは石畳《いしだたみ》の大通りだった。背の高い建物に囲まれた道を、時折馬車が通り過ぎている。

「本日ご覧戴《いただ》く市場はあちらでございます」

案内役が腕を伸ばして指し示したのは、馬車が一台通れるかどうかの細い道の奥。建物の向こうが広場になっているのだろう。屋台の一部と、行き交う人の姿が見えた。

「市場へは馬車で近づくことができないのです。申し訳ありません」

「いえ、我が国でも似たようなものです。気にする必要はありません」

イグナシオを歩かせることに恐縮する案内役へ、彼は優しく笑いかけた。途端、案内役は頬《ほお》を染めて瞳をとろんとさせた。ちなみに、案内役は中年男性である。

ところ構わず人をたらし込むイグナシオに呆《あき》れながらも、ここが敵地である以上、使える手《て》駒《ごま》はひとつでも多い方がいいとミレイア自身も思っているので、文句は言わなかった。

「いらっしゃい！　新鮮な食材があるよ！」

「いい布が入荷しているよ、どうか見ていってくれ！」

「そこのお嬢さん、せっかくきれいな顔をしているんだから、髪飾りのひとつくらいつけないともったいないよ！」

市場に入るなり、通り過ぎる屋台から威勢のいい呼び声が掛かる。最後の呼び声については、ミレイアではなくイグナシオへ向けたものだった。

王族とわからないよう、比較的質素な服装を纏《まと》っているが、ミレイアと違ってイグナシオはズボンをはいている。にもかかわらず、女性と間違われるなんて……思わず噴き出しそうになったミレイアが慌てて口元に手を添えると、めざとく気づいたイグナシオにひとにらみされた。

咳払《せきばら》いでごまかし、ミレイアは屋台を冷やかすふりをしながら商品の質や値段を確認する。物価というものは国によって違うため一カ所だけを見て判断はできないが、アレサンドリと比べると高かった。

「どうですか、ミレイアさん」

身を寄せて睦言《むつごと》をささやく体《てい》で、イグナシオが問いかけた。吐息がかかるほど近い距離に頬を染めながらも、なにも知らない者からすればほほえましく映るから気にするだけ無駄だと開き直り、ミレイアは耳元へと顔を近づける。

「全体的に物価は高いですが、食糧難を抱えているこの国の現状を思えば仕方がないことでしょう。並んでいる商品はアレサンドリが支援したものもいくらか混じっております。商人経由ではありますが、我が国の支援は国民の手に渡っている……と、判断してほしいのでしょうね」

「その言い方では、納得していないのですね」

イグナシオが笑みを深める。きらきらとまぶしいくらいの笑顔は、端《はた》から見れば婚約者からの睦言に喜んでいるように見えることだろう。だが、間近で見ればわかる。目がまったく笑っていない。

外面《そとづら》がいいにもほどがある。ノエリアから簡単に話を聞いて、どうしてそうなったのか理解はしているけれども、どうせならミレイアに対しても本性を見せないでいてほしかった。

どうしてこんなことに、と考えて、お茶会のときに彼の企《たくら》みを潰したからだと思い出した。

自業自得《じごうじとく》という言葉が重くのしかかる。

落ち込んできたところで、いまは余計なことを考えている場合ではないと思い直し、ミレイアは答えた。

「相手側が指定した場所を見て回っているのですから、きれいな場所だけを見せている可能性があります」

馬車が停まった大通りも、市場へ続く細い道も清掃《せいそう》が行き届いており、行き交う人々も身なりが整っていた。

素直に考えるのなら、治安のよく住みやすそうな街、と判断するべきなのだろう。

しかし──

「きれいすぎるのです。百歩譲《ゆず》って行き届いた清掃はきれい好きの住人がいると考えるとして、国民の身なりは？　串焼き肉を扱う店主が、あんな真っ白なエプロンを着けているなんて、おかしいでしょう。タレ染みのひとつやふたつ、あって当然だと思います」

串焼き肉でなくとも、加工食品を扱う店ならば、それを扱う過程でエプロンが汚れるはずだ。市場のような国民の生活を支える施設ならなおさら、もっと生活感のある格好をしているはずである。

それなのに、行き交う人も、売り子もみんな、美しいのだ。すべてが新しく作り直されたみたいに。

「では、ここにいる人々は、全員が仕掛け人かなにかだと?」

「少なくとも、王家から衣服の配給はあったのでしょうね。後はスハイツの報告を聞いてから、判断いたしましょう」

今朝、スハイツが王城にたどり着いたことは、ヴォワール側の侍女《じじょ》から聞いている。晩餐が終わったら部屋に通すよう指示も出した。

騎士を自室へ呼んだとなれば疑いを招きかねないが、スハイツはただの商人である。しかも交易を行うか否《いな》かについての最終判断は、バートレイ商会の幹部であるミレイアが行う、と伝えてあるため、ヴォワール側はむしろ協力的だった。

市場をひととおりまわったところで、次の予定が詰まっていますと案内に急《せ》かされ、ミレイアとイグナシオは不自然に美しい市場から離れたのだった。


王城へたどり着くと、執務を終えたらしい王太子が城の門前で待っていた。

「これは王太子殿下！　申し訳ありません、お待たせしてしまいましたか?」

御者が客車の扉を開けるなり。イグナシオは身を乗り出して出迎える王太子へと声をかける。飛び降りるように出てきた彼に、王太子は片手をあげて焦らなくてもいいと示した。

「いえいえ、違うのです。この門が、騎士棟の入り口なのですよ。婚約者殿も、焦らず、ゆっくり降りてください」

「この門が、騎士棟の入り口なのですか？」

ミレイアを馬車から降ろしたイグナシオは、王城と街を隔《へだ》てる堅牢《けんろう》な門を見上げる。ずいぶん分厚い塀《へい》で城を囲っているな、とは思っていたが、城壁そのものが騎士棟だという。

王太子の先導で騎士棟の中を進んでいくと、ちょっとした組み手くらいならできそうな広間にでた。壁には棍棒《こんぼう》や木剣、刃を潰した剣などが立てかけてある。足下は板間だった。

「ここは、騎士が自主的に組手や訓練をする部屋です」

説明しながら王太子は部屋の奥へと歩き、壁に立てかけてある木剣をつかんだ。

「せっかくですから、私と手合わせいたしませんか、殿下」

王太子の従者が動く。主から木造の剣を受け取ると、いまだ部屋の入り口で立ち尽くすイグナシオへと恭《うやうや》しく差しだした。

「王太子殿下と手合わせできるというのは、とても光栄なことなのですが……見ての通り非力なもので、殿下を失望させる結果になるかと……」

剣を受け取ったものの、所在なさげに視線を落とすイグナシオを、王太子は豪快に笑い飛ばした。

「気になさることなんてありませんよ。約束したではありませんか。あなたを強い男にしてみせると。これは稽古《けいこ》です。勝ち負けなど関係なく、私にぶつかるつもりでどうぞ」

「そう言っていただけると、心強いです。ではよろしくお願いします」

イグナシオは力を抜くように微笑《ほほえ》んで、部屋の中央で待つ王太子のもとへと歩く。互いに木剣を構え、手合わせが始まった。

いくら守られる側の人間といえど、イグナシオも護身術程度には剣術をたしなんでいるのだろう。構えや足さばきが様《さま》になっている。

しかし、さすがヴォワールの王太子というべきか、イグナシオの攻撃のことごとくが防がれている。ここまで来ると、手合わせというより指導といった方がしっくりくる。

それほどまでに、イグナシオと王太子の間には実力の差があった。

やがて、イグナシオに体力の限界が訪れ、二人の手合わせは終了する。控えていた侍女から布巾を受け取ったミレイアは、戻ってきたイグナシオへ差しだした。

「おふたりとも、お疲れ様でございました。こんな間近で戦う姿を見たのは初めてで、あまりの迫力に気圧《けお》されましたわ」

嘘である。仕入れのために国境を越え河をさかのぼり海へ漕《こ》ぎだすミレイアは、山賊《さんぞく》や海賊《かいぞく》、強盗に遭遇《そうぐう》したことが何度かある。命のやり取りを肌で感じたことがある身としては、目の前で繰り広げられた手合わせが遊びだとすぐにわかった。

しかし、王太子はミレイアに褒《ほ》められてうれしかったらしい。ご満悦でうなずいていた。

騎士棟見学を終えたミレイアたちは、部屋で休む間もなく晩餐会《ばんさんかい》の支度《したく》に取りかかる。

今夜の晩餐会には、王族の他に宰相《さいしょう》や大臣と行った上層部の人間のみが参加する。夜会のようにごてごてと着飾る必要がないため、あまりスカートにボリュームのない、紫色のドレスを纏《まと》った。

胸元のレースや腰の高い位置を絞《しぼ》るリボンは黒。形や色はとても大人っぽいのだが、ハイウエストなデザインのため、柔らかな印象を与えた。ハーフアップにした髪には生花を飾り、耳には雫《しずく》型のエメラルドが揺れ、首もとにはエメラルドと真珠《しんじゅ》を使ったネックレスをつけた。

「今宵《こよい》のあなたも、美しい。あなたとそろいの衣装をまとえる私は本当に幸せ者です」

支度を終えたミレイアの手を取り、イグナシオは甘く微笑む。

そろいの衣装と言ったとおり、今夜の彼は黒地に襟《えり》や袖《そで》に紫の刺繍《ししゅう》が入った礼服を着ていた。純白のタイにさしたピンはエメラルド。胸ポケットにはスカーフではなく生花が飾ってあった。

夜会ならまだしも、晩餐会にまでそろいの衣装で出席するなんて、仲がいいんです、と言っているようなものだ。

仮初《かりそ》めの婚約であるとばれないためにも、やり過ぎなくらいに仲がいいと主張した方がいいのだろう。わかっていても、気恥ずかしい。

赤い顔で視線をそらし、「ありがとうございます」としか言えないミレイアを、イグナシオはにこにこ上機嫌でエスコートしたのだった。


「どうですかな、イグナシオ殿下。私と一緒に、遠乗りでも行きませんか」

和《なご》やかな雰囲気《ふんいき》で進む晩餐の途中で、ふいに、王太子がイグナシオを誘った。

「遠乗り、ですか？」

カトラリーを扱う手を止めて、イグナシオは問いかける。

王太子は大きくうなずいた。

「王都から森をぬけた先に私の離宮があるのです。景色もきれいですし、狩りもできますよ。離宮で一泊して、またこちらへ戻ってくるというのはいかがですかな」

「素晴らしいお誘いですが……遠乗りとなると、ミレイアさんを置いていくことになりませんか」

「婚約者殿には大臣たちと交易について相談することがおありでしょう。商売について、素人《しろうと》である我々が傍にいたところで邪魔になるだけです。どうせなら、有意義に時間を使うべきです」

ヴォワール側としては、ミレイアと交易について具体的に話を詰めたいと思っている。

表向きは。

「確かに……私がいては、ミレイアさんも込み入った話ができないかもしれませんね」

イグナシオは眉《まゆ》をさげて寂しそうに笑った。その様子を、王太子はなめるような視線で見つめる。

この男は、ミレイアたちを引き離して、なにかよからぬことをイグナシオに働こうとしているのだ。舌なめずりでも始めそうな顔がすべてを物語っている。

しかも離宮で一晩滞在するなどと……なにをもくろんでいるのか、考えたくもない。

イグナシオも気づいていながらあえて敵の罠《わな》にはまるつもりらしい。そんな危険なこと、許せるはずがない。

優雅な微笑みの下で、ミレイアの目が据わった。

「まぁ、遠乗りなんて、素敵じゃないですか。王太子殿下の離宮なら、さぞ荘厳な建物なのでしょうね。ぜひ、私もご一緒させてくださいな」

ミレイアの申し出に、王太子はわずかに動揺《どうよう》した。

「いや、しかし……馬でも半日ほどかかる場所でな、馬車では一日かかってしまいますよ」

「ご安心ください、殿下。私、こう見えて乗馬はたしなんでおります」

「ですが、途中の森は足場も悪く……」

なおも言いつのろうとする王太子を、ミレイアは「ふふふっ」というたおやかな笑い声だけで遮《さえぎ》る。

「私の身体《からだ》を慮《おもんぱか》ってくださり、ありがとうございます。ですが、私は普通の令嬢とは違って、馬に乗って数日旅をしたことだってございますのよ。でないと、商売なんてできませんわ」

とはいえ、仕入れ先によっては馬車が通れない場所もあるから、馬に乗れるのではない。

そもそも、ミレイアが育ったアスコート領は広大であるため、移動にはもっぱら馬を使っていた。

アルモデのような街ならまだしも、田舎《いなか》の方では平地は耕して丘の上に家を構える農家が多く、毎日馬に乗って畑まで行って降りる、ということも珍しくない。

そんなアスコート領で商売をしていたのだ。馬くらい乗りこなせて当然である。

「交易についての話し合いは、私の部下に任せていただいて構いません。ヴォワールへは、精鋭を連れてきております。具体的な相談にも応じられますよ」

つまりは、いくらで取引するのかより踏み込んだ交渉をする準備がこちらにはある、という意味だ。

ミレイアの申し出に目を輝かせたのは国王だ。バートレイ商会が本腰を入れてヴォワールとの交易を結ぼうとしている、と判断したのだろう。

本当は別の意味での精鋭なのだが、スハイツは右腕として様々な判断ができる人物であるため、まったくのでたらめでもなかった。

「この後、部下を部屋に呼んで報告を受ける予定です。実りある交渉ができるよう、祈っておりますわ」

遠回しに、この後のミレイアの指示次第で明日の交渉の行方《ゆくえ》が決まる、と伝える。正しく裏の意味を読み取った国王によって、明日の遠乗りにミレイアも参加することが決まった。

王太子がなにか文句を言い出すかと思ったが、ミレイアをしばしにらみつけた後、「まあいいでしょう」とうなずいた。

ミレイアは心の中だけで王太子に向かって舌を出す。ふと、隣から視線を感じて顔を向ければ、呆《あき》れた表情のイグナシオと目が合った。

晩餐会も無事終了し、部屋へ戻ってくるなり、タイを緩《ゆる》めながらイグナシオは言った。

「あまり無理をなさらないでください。ここは敵地。あなたになにかあってはいけません」

二の腕まである長手袋を外していたミレイアは、すっと目を細めた。

「それはこちらの台詞《せりふ》です。あの王太子の離宮へひとりで赴《おもむ》くなど、危険です」

「自分の身くらい自分で守れます。それに、護衛もいます」

「私たちが別行動をとれば、ただでさえ少ない護衛を分けねばなりません。私たちを離したところで個別に拘束《こうそく》しようと考えていたらどうするのですか」

正論をぶつけられ、イグナシオは一瞬ひるんだが、振り払うように声を強めた。

「だからといって、あのように強硬な手段は執《と》らなくてもよかったでしょう！」

「ああでも言わないと、あの王太子は私を連れて行ってくれませんでした！」

つられるように、ミレイアも声量を上げる。

「おーい、おふたりさん。それ以上声を強めると部屋の外まで響いちまうぞ。もう少し落ち着けって」

突然の第三者の声に、ミレイアとイグナシオははじかれたように振り向く。スハイツがひらひらと手を振りながら立っていた。

「スハイツ！　いつの間に部屋に入ったの？」

「言い返せなかった殿下が口をへの字に曲げた辺りだな。あ、ちゃんとノックもしたし声もかけたぞ。なんの反応もなかったけどな」

反応がなかったからと勝手に入るのはどうなんだろう。だが、そのおかげで下手《へた》にぼろが出る前に止めてもらえたのだから、なにも言うまい。

イグナシオも同じ考えにいたったのか、渋い表情で押し黙っていた。

「まぁいいわ。とりあえず、お茶でも淹《い》れてひと息つきましょう。報告はその後でお願い」

「おう。頑張ったお嬢のためにうまい茶を淹れてやるからな。殿下も、よろしければ掛けてお待ちください」

ミレイアに対する態度と違い、イグナシオへスハイツは丁寧《ていねい》な言葉とともに優しく笑いかけ

た。

まるで高級料理店の接客係のようだ。普段の粗野な彼をよく知るミレイアからすればあまりの変わりっぷりに背中がぞわっとするが、なにも知らない女性が見たらころっと恋に落ちてしまいそうな爽《さわ》やかさだった。

戸惑うイグナシオを促して、ミレイアはソファに腰掛ける。スハイツは部屋の隅に置いてあった茶器を手に取り、慣れた様子で淹れ始めた。

「はい、どうぞ。で、どうする？　すぐにでも報告始めるか？」

湯気の立つカップをソファ前のローテーブルに置き、スハイツが問いかける。ミレイアがカップに息を吹きかけながら「よろしく」と答えれば、彼は心得たとばかりにうなずいて話し出した。

「まず結論から言わせてもらうと、ヴォワールは黒だな。真っ黒。援助してもらった食糧を、国民にほとんど流していない。俺たちが船を出てから王都へ来るまで、向こうの騎士が護衛と称して張り付いてきてな。どこの集落にも立ち寄らせず、追い立てるように移動させられたま、騎士の目をすり抜けて調査させたんだけど」

「ただの商人が、騎士の目をすり抜けたんですか？」というイグナシオの声が聞こえたが、スハイツは華麗《かれい》に無視して話を続けた。

「んで、調べてみたら予想以上に悲惨《ひさん》だった。どこの集落も食糧難で、痩《や》せた土地を必死に耕して食いつないでいる状態だったよ。配給どころか市場に出回ってすらいないな。あれは」

苦々しい表情でスハイツは語った。

やはり、今日見た市場は作り物だった。店に立っていた人々は誰もやせ細っていなかったから、もしかしたら、あの市場そのものが今日だけのために作られたのかもしれない。

イグナシオは顔をわずかにうつむけ、眉を寄せて両手を握りしめた。

「我々が支給した食糧は、どこへ行ったのでしょう」

「申し訳ありません、殿下。そこまでは突き止められませんでした。それなりの時間をかければ詳しくわかるかと思いますが……十中八九、換金しているかと」

食糧の利用方法など、それ以外にありえない。

ミレイアもイグナシオもうなずいた。

「問題は、手に入れた金をなにに使っているか……ですね」

「新しい事業の軍資金かと思ったのですが、向こうさんが進めてくる交易品に目新しいものはありませんでしたよ」

スハイツがミレイアへ紙の束を差しだした。ヴォワール側が提示した交易可能な品の目録だった。ざっと目を通してみたが、彼の言うとおりこれといって目新しいものはない。

「新しい鉱脈を探すための軍資金にしている、とか？」

ミレイアが口にした可能性を、スハイツは頭を振って否定する。

「向こうの商人にちょっと探りを入れてみたんだがな。国が金を出してくれたら、もっと大規模に鉱脈探しができるのにって愚痴《ぐち》っていたぞ」

「よくそんな愚痴を聞き出しましたね」と、イグナシオが感心した。

砕《くだ》けた言葉遣いがいいのか、スハイツは相手の胸にくすぶる不満を聞き出すのがうまかった。

かくいうミレイアも、よく愚痴を聞いてもらっている。

と、そんなどうでもいいことを考えている場合ではないと気づいたミレイアは、片手をあげてふたりの視線を集め、言った。

「おそらく、ですが、ヴォワールは手に入れた資金で武器を買い込んでいると思います」

確証はまだないが、限りなく正解に近いという自信を持って発言すれば、イグナシオは「その根拠は？」と問いかけた。

「今日、見学した武器庫です。十年前より、ヴォワールは領地拡大をもくろんで周辺の小国を侵略してきました。だというのに、武器が充実しているのです」

「王太子が見栄を張って、充実した武器庫を見せたのかもしれません」

「その可能性もありますが、騎士が演習に使っていた武器も使い古した様子がありませんでした」

「それも、ヴォワール側が見栄を張っただけかもしれない。今日見た市場が作り物だったように」

イグナシオの反論を、ミレイアは「それはありえません」と真っ向から否定した。

「ヴォワールはこの十年で領地を拡げはしましたが、どの土地も自国と変わらない瘦《や》せた土地ばかりで、新たな国民を抱えただけでした。つまり、消耗《しょうもう》した分を補えるだけの利益が得られなかったのです」

国というには小規模な、領主が王と呼ばれていただけの小さな小さな国では、王族の財産などあってないようなもの。瘦せた土地ゆえに食糧もなく、これといった特産品もないから新たな収入源も得られなかった。

「赤字ばかりの侵略を繰り返したこの国に、見栄を張るための武器を補充する金銭的余裕などありません。それをするくらいなら、彼らは新たな宝飾品を買うでしょうしね」

ミレイアの主張に納得したのか、イグナシオは顔をゆがめてうなずいた。

「ですが残念なことに、彼らは殿下が想像する以上に愚かなのです。なぜなら、国土拡大をいまだあきらめていないのですから」

「めぼしい小国を滅ぼしたというのに、まだ満足できていないと？」

「それで満足できるなら、ひとつふたつ国をつぶしたところでやめるはずです。だって、侵略すればするほど損をするのですよ？　しかし、彼らはやめなかった」

「国土拡大こそが目的だから、ですか」

アレサンドリは幸いにしてここ最近平和な時代を過ごしている。だが、他国は別だ。大きな戦《いくさ》こそ起きていないが、小競《こぜ》り合いは続いている。それもこれも、実り豊かな土地や金鉱の所有権を巡って行われるもの。

つまり、損失を負ってまで手に入れる価値のある土地だからこそ、各国は武器を持つのだ。

しかし、ヴォワールが行ってきたことはどうだ。

損失しか残さないとわかっていながら、無意味な侵略を繰り返している。

「地図のすべてを自国の色に塗り替えない限り、とまることはないでしょう」

「まるで山火事ですね。燃え尽くさない限り、消えない」

イグナシオは口の端をつり上げた。その目には侮蔑《ぶべつ》の色がはっきりと浮かんでいた。

「その欲望はやがて我が国にも及ぶのでしょうね。それがわかっていて、食糧支援を続けるわけにはいかない」

視線を落とし、重い声でイグナシオは決断した。

「この後はどうされますか？　視察を取りやめて帰りますか？」

「いえ、できることなら金の使い道について確信を得たい。そのためにも、囮《おとり》くらいにはなりましょう。ぎりぎりまで、調査をお願いします」

「……まさか、囮になるために王太子の誘いに乗ったというのですか？」

目を見開くミレイアへ、イグナシオは淡々とした声で「だったらなんだというのですか？」

と答えた。

「信じられない。あなたはご自分の立場をきちんと理解していらっしゃるのですか？　守られるべき王族が自ら危険に飛び込むだなんて」

「王族としての自覚があるからこそです。国益のためならば、囮になるくらい、何ら恐ろしくありません」

「囮とは、ある程度の身の安全が保証された上で行われるべきことです。現状で、殿下が囮になるというのは上策ではありません」

「だからあなたも着いてきたと？　はっきり言って、足手まといですね」

イグナシオは顎《あご》を持ち上げてミレイアを斜めに見下ろし、鼻で笑った。すべてを拒絶するような暗い笑みに、ミレイアは初めて恐怖以外の感情が浮かぶ。

「あなたという人は……人の善意を、なんだと思っているの!?」

わき上がる新たな感情——怒りのままに声を強めれば、スハイツが「お嬢、声、声抑えて！」と肩を抱き、落ち着かせるように背中をなでさすった。

イグナシオは目をすがめる。まるで、なにかをこらえるように。

「善意など、勝手に押しつけられても困ります。私があなたに頼んだことは、ヴォワールの調査です。私を守ってくれなどと、一度も言っておりません。自分の身を守る力すら持ち合わせていないくせに、首をつっこむのもいい加減にしなさい」

突き放されて、ミレイアの心が急速に冷めていくのがわかった。怒りが消えたわけではない。いまにも爆発しそうな怒りが、まるでその前兆とばかりに胸の奥でぎゅっと凝《こ》り固まったのだ。

「わかりました」

さえていく思考の中で、イグナシオを見据える。先ほどまで怒鳴りちらさん勢いだったミレイアが突然落ち着きを取り戻したので、彼はいぶかしげにこちらを見ていた。

「では、私は自分の仕事に集中しようと思います。スハイツ、明日の商談について、私の部屋で打ち合わせしましょう」

私の部屋とはつまり、ミレイアにあてがわれた寝室だった。

「なっ……」と驚きの声をあげるイグナシオを無視して、ミレイアはスハイツの手を引いて立ちあがった。

「待ちなさい！　未婚の女性が婚約者でもない男性とふたりきりで密室にこもるなどと……」

慌てだしたイグナシオが引き留めようと声を強めた。必死の言葉にミレイアは耳を貸さず、スハイツを連れてずんずんと寝室へ移動する。しかし、扉のノブに手をかけたところでイグナシオへと振り返った。

「ヴォワールとの交渉は、私の仕事です。商《あきな》いについて素人《しろうと》である殿下が首をつっこまないでください」

強い拒絶の言葉は、ついいましがた彼がミレイアへ言い放った言葉。

イグナシオの顔を見つめてきっぱりと言い切る。職人が磨《みが》きをかけたようなアメシストの瞳が大きく見開かれるのをちらりと確認するなり、ミレイアは部屋の奥へと引っ込んだ。

「いやぁ～、お嬢でもあんなに怒ることがあるんだな」

ひととおりの打ち合わせを終え、温かなお茶を飲みながらほっとひと息ついたところで、スハイツが言った。

寝室であるためにベッドが置いてあるが、私室も兼ねているのでそのほかの家具もひととおりそろっている。ふたりが向かい合って腰掛けるソファもそのひとつだった。

カップを片手に、ソファ中央のローテーブルに広がる書類に目を通しながら、ミレイアは「そんなに驚くことかしら」と答えた。

ミレイアは普通の人間であるから、喜怒哀楽は当然ある。

書類から視線をあげようともしないミレイアを見て、スハイツは苦笑をこぼした。

「普段、お嬢は喜怒哀楽を表に出すほうではある。でも、商人らしく合理的な物事の考え方をするから、一定以上に感情を振り切らないいんだ」

スハイツの話す内容がいまいち理解できず、ミレイアは顔をあげる。その顔を見て、彼はやれやれとばかりに肩をすくめた。

「ホルディのときがいい例だな。あの馬鹿野郎が婚約破棄《はき》を言い出したとき、お嬢は怒ったか?」

「まぁ、一応」

彼の家のために二年という月日を費《つい》やしてきたのだ。それを否定した彼に、ミレイアは当然腹を立てた。

「でも、怒鳴ったりはしなかっただろう」

「するわけないじゃない。時間の無駄よ」と顔をしかめて答えると、スハイツは「そう、それ」と人差し指を立てた。

「感情のままに相手を責め立てたところで、それが時間と労力の無駄だとお嬢は思ってる。だったら、どうしてさっきは第二王子相手に怒ったんだ? わざわざ意趣返《いしゆがえ》しまでしてさ」

指摘されたものの、なんと返せばいいのかわからず口ごもると、スハイツは「おかげで、部屋を出るのがおそろしいっつうの」とぼやく。あまりに小さいつぶやきでいまいち聞き取れず首を傾《かし》げると、彼は「こっちの話」と答えた。

「まぁ、お嬢が心配する気持ちはわかるんだよ。あの第二王子、なんだか危なっかしいもんな」

「危なっかしいなんてものじゃないわ。まるで自分を軽んじているみたい」

自棄《やけ》になっている、とでもいうのだろうか。よこしまな目で見られることになれすぎて、それを利用することに躊躇《ちゆうちよ》がない。

「危険だってわかっていて、自分から飛び込むなんてどうかしているわ。もう少し私を頼ってくれてもいいいと思わない？」

なんのための婚約者だ。期間限定だけど。

しかも、ミレイアの方がイグナシオより三歳年上である。たった三年、されど三年。生きている時間が長い分、見てきたものも多い。しかもミレイアは商人だ。貴族とはまた違う経験を積んできている。新しい答えやきっかけを提示できるかもしれない。

「お嬢の言う通り、頼ってもらえず無理をされるっていうのは、気分のいいものじゃないわな。でもその言葉、そっくりそのままお嬢に返すぞ」

思わぬ言葉に、ミレイアは瞬きを繰り返した。

スハイツはむっつりとした顔でため息をこぼし、いらだたしげに頭をかいた。

「さっき第二王子が言っていたじゃねぇか。なにか無理をしたんだろう」

「あれは、だって――」

「第二王子を守ろうとしたんだろう。わかってるよそれぐらい。でもな、そのためにお嬢が危ない橋を渡るのはいやなんだよ。だからあの人も怒ったんじゃないのか」

「それは、そうかもしれないけれど……」

だからといって、人の善意を踏みにじるような言い方をしなくてもいいと思う。まったく同じことを、仕返しに言い返してしまったけれど。

そこまで考えて、ふと、思い出す。イグナシオの最初の言葉。あれは、ミレイアを心配して紡《つむ》がれた言葉だった。

それを最初にはねつけたのは、ミレイアだ。

気づいた途端、どうしようもない後悔が胸に押し寄せる。自分のバカさ加減に嫌気がさして、時間を巻き戻してそのときの自分を殴《なぐ》りたい。

視線を落とし、唇を噛《か》む。そんなミレイアの頭に、スハイツが手を載せた。

「落ち込むな、お嬢。お互いがお互いを想いあってのすれ違いなんだから、ちゃんと謝ればいい」

「いまさら謝って……どうにかなると思う？」

「どうにもならなかったら仕方がないわな。言っただろう。国にいられなくなったら、出て行けばいいって。俺が着いてるんだから、どう転んだってお嬢に苦労はさせねぇよ」

スハイツは、にかっと歯を見せて笑う。さっぱりとした笑顔は、その言葉に嘘はないとミレイアに教える。

「そんなの、捨てさせるわけにはいかないよ」

スハイツが、彼の仲間が、いまの生活にどれだけ満足しているのか知っているから。彼と出会って、二年。ずっと傍でみんなの頑張りを見てきたから。

「明日、ちゃんと殿下に謝って、話し合ってみる」

自分のせいで努力を水の泡《あわ》になんてできない。

決意とともに告げると、スハイツは「明日と言わずにいまから話し合えばいいんじゃないか」と答えた。

「え、でももう寝ているんじゃないかしら」

部屋にこもってから、結構な時間がたっている。

しかし、スハイツはにやりと笑って頭を振った。

「まぁまぁ、だまされたと思って一緒に部屋を出てみようぜ。居間をのぞいていなかったらそこで見送りでいいからさ」

ミレイアとしては、最初から見送るつもりだったので否《いな》やはない。ただ、スハイツのにやにや笑いが不気味というか、落ち着かないというか。

戸惑うミレイアの手を取り、スハイツは居間へと続く扉へと誘う。扉の前に立たされ、開けるよう促されたため、渋りながらもノブに手をかける。慎重に開いた隙間《すきま》から光が差し込んだことに驚き、一気に扉を開け放った。

「ミレイアさん……」

部屋の中央、さっきふたりで言い争いをしたソファに、イグナシオが座っていた。出てきたミレイアの顔を見るなり、どこかほっとしたような、それでいて寂しそうな顔をした。

「殿下……どうしてまだここに……寝不足は身体《からだ》に毒です、早くお休みになってください」

ミレイアは思わずイグナシオへと駆けより、彼を立たせようと手を伸ばす。それを、イグナシオがつかんだ。

「そういう君だって、いままでずっと仕事の話し合いをしていたのでしょう?」

逃がさないとばかりに両手をつかんで、ソファに腰掛けたままのイグナシオがミレイアを見上げた。

「確かにその通りですが、仕事の都合で眠る時間が遅くなるのはいつものことですから、慣れています」

「僕だって、政務の関係で遅くなるのは日常茶飯事《さはんじ》だよ」

ああ言えばこう言うイグナシオにミレイアがさらに言い返そうとしたとき、スハイツがわざとらしく咳払《せきばら》いをした。

「それでは、私はこれにて失礼させていただきます。そうそう、年長者として助言をひとつ。おふたりとも、もう少し素直になった方がいいと思いますよ」

ぐっと詰まって互いに顔をそむけるふたりへ、スハイツは手をひらひらと振ってから部屋を出て行った。

ふたりきりとなった部屋に、扉が閉まる乾いた音が響く。音が静まっても気まずい沈黙が覆《おお》い被《かぶ》さったが、それを先に破ったのは年の功《こう》というべきかミレイアだった。

「あの、殿下。とりあえず手を離していただけませんか」

腰を据えて話し合いをするためにも、ミレイアは向かいのソファに腰掛けるべきだろうと思ったのだが。

「いやです」

まさかの即答拒否だった。思わず、「え、いやって……」とこぼしてしまう。

イグナシオはいまだうつむいたままで、こちらを見ようともしない。どうするべきかと悩んでいると、突然顔を上げてミレイアを見上げた。

「ミレイアさん、あなたときちんとお話がしたい。隣に座っていただけますか」

「え、あの、向かいのソファでは……」

「それでは手を離さなければなりません」

離せばいいのではないだろうか――という言葉が喉元《のどもと》まで出てきたが、ミレイアはぐっとこらえた。いちいち言い返してしまうから、言い合いになってしまうのだろう。

素直になれ、とのスハイツの助言通り、ミレイアは素直にイグナシオの指示に従った。両手を握られているため、斜めに向き合う形となったが、隣に腰掛ける。

なんと切り出すべきかと悩んでいる間に、イグナシオが話し出した。

「先ほどは、あなたを傷つけるようなことを言ってしまい、申し訳ありませんでした。あなたが私の身を案じて動いてくれたことはわかっているのです。ですがだからといって、あなたが自ら危険を冒すことが、許せなかった」

「私こそ、申し訳ありませんでした。殿下が自分から囮《おとり》になろうとする様子が、なんだか投げやりになっているように見えたのです。だから、放っておけなくて……。でも、それで私が危ない橋を渡ろうとすれば本末転倒《ほんまつてんとう》だって、スハイツに言われてしまいました」

ミレイアは力なく笑う。我ながらなんと情けない、と思ったからだ。

イグナシオは、唇を噛んだ。

「あなたとあの男は……その、どういう関係なのですか？」

ミレイアは首を傾げる。問いかける声のトーンが低くなったような。それに、なんだか肌寒い。夜が深まったせいだろうか。

「私とスハイツは、上役と部下です」

「それにしては、親しげだったような。彼の言葉遣いも上役に対するものとは思えません」

「彼の方が年上ですし。あと、彼が私の下につくと言ってくれたからこそこの関係ができあったといいますか」

商人としての経験はミレイアの方が上だが、それ以外はスハイツの方がずっとずっと上手である。

「私が拠点長として独立できたのも、彼がお目付役《めつけやく》を担《にな》ってくれたからですし」

「お目付役？」

「はい。一応、私は貴族令嬢ですから、頭目《とうもく》がなかなか独《ひと》り立《だ》ちを許してくれなくて。スハイツは私が無理をしないよう見張り、そして私の身の安全を確保するためにいるんです」

「つまりは、保護者的な？」

「そうですね。頼れる右腕と思っておりますが、それと同時に兄でもあり、守ってくれるという点では保護者と言えるかもしれません」

どちらかというと、守護者というほうがしっくりくるかもしれない。

そんなことをつらつらと考えていたら、ふいに、つないだままの手に力がこめられた。

改めてイグナシオへと視線を向けると、彼は思い詰めた表情で顔をそむけていた。

「殿下？　もしやご気分でも……」

「ミレイアさん、あなたに打ち明けたいことがあります。明日の遠乗りなのですが、本当は、不安で仕方がないのです」

突然の告白に、ミレイアは目を見張る。

イグナシオはうつむいたまま視線をさまよわせながら語った。

「王太子が私を見るまなざしが……幼い頃私に危害を加えようとした輩《やから》と同じなのです。ですが私はアレサンドリの王族です。恐怖心に負けて国益を損《そこ》なうわけにはいきません」

苦しそうに目元をゆがめる姿が、ミレイアの胸を打つ。思わず、握られた手に力がこもった。

「殿下、どうか無理をなさらないでください！　幼い頃の経験なのです。恐怖を引きずっていたとしても何ら不思議ではありません。大丈夫です。私がついております！　女の身では頼りないかもしれませんが、決して殿下をひとりにしないと誓います！」

「本当ですか?」と、イグナシオが視線を持ち上げる。ミレイアはすぐさま「本当です！」と答えた。

「でしたら、ひとつ……お願いがあるのです」

「私にできることであれば、なんでも言ってください！」

ミレイアが前のめりに承諾《しょうだく》すると、イグナシオは一度視線をそらしてから、改めて目を合わせた。

「今夜は、私と同じ床《とこ》に入ってくださいませんか?」

「……………え?」と漏《も》らして、ミレイアは動きを止めた。

イグナシオはいったいなにを言っているのだろう。同じ、床に、入る? つまり、同じベッドで寝てほしい、ということか?

意味を理解した途端、ミレイアは叫び出しそうになった。が、その瞬間イグナシオと目が合い、声をあげることなく固まる。

紫水晶のような瞳をこれでもかと潤ませて、イグナシオがこちらを見ていた。そのまなざしからは、明日の遠乗りに対する不安や、こんなことを言い出した自分への羞恥《しゅうち》、拒絶されたらという恐怖を感じ、それらはすべて、ミレイアの庇護欲《ひごよく》にぐっさりと突き刺さった。

「なにも、なさらないと、誓ってくださるなら……」

「誓います！　幼い私に襲いかかった不埒者《ふらちもの》のようなことは、絶対にしません」

誓いの言葉すら悲痛すぎて、ミレイアはもらい泣きしてしまいそうになった。ぐっとこらえて、ふたりはそれぞれの部屋で眠る準備を調える。

王族のために準備しただけ合って、寝室のベッドはとても広い。人ひとり分くらいの間を開けてふたりが寝転がっても、十分余裕があった。

イグナシオの寝室で、一枚のシーツの中にふたりで横になった。互いの顔を見つめながら、目を閉じる。

正直な話、少し、いやだいぶどきどきしたけれど、ずっと気を張って疲れていたのか、ミレイアは目を閉じて早々に眠りについてしまった。

「あなたのことは、私が必ず守ります」

夢の中で、そんな声を聞いた気がした。

第三章　商人の心得その三、契約はきちんと内容を精査してから結ぶべし！

ヴォワールは冬の寒さが厳しい国だ。雪解けの春を迎えたといっても、アレサンドリに比べると朝と夜の冷え込みが厳しい。寒さ対策として綿が詰まったケープを羽織《はお》るミレイアは、寒さで震えるどころか顔を赤くしていた。

「おや、婚約者殿の顔色が優れないようですが、体調不良ですか？」

「い、いえ。体調は万全です。お気遣いありがとうございます」

熱が出たわけではない。原因はしっかり把握《はあく》している。

ミレイアがすぐさま否定すると、王太子はいぶかしそうに首を傾げ、イグナシオへと視線を向けた。

「イグナシオ殿下はなんだか上機嫌ですね。なにかいいことでもあったのですか？」

「そうですね。昨夜はとてもよく眠れたのです。素敵な抱き枕のおかげです」

意味深な視線を向けられ、頬《ほお》にさらなる熱がこもったと自覚するミレイアはうつむいた。

素敵な抱き枕とは、言わずもがなミレイアのことである。

どうしてそうなったのかわからないのだが、今朝、目を覚ますとイグナシオに抱きしめられていた。彼の言うとおり、まさに抱き枕のように腕の中に閉じ込められていたのである。

昨夜一緒に横になったときは確かに人ひとり分間を開けていたというのに。目を覚ましたら眠るイグナシオのどアップとか心臓が止まるかと思った。

叫ばなかった自分を、褒《ほ》めたい。

ふたりの様子を見てなにかを察したのか、王太子は「仲がよろしいのですね」と笑った。

遠乗り用の馬は、ヴォワールが用意した。

ヴォワールの馬は気性の荒いものが多いそうで、その中でもおとなしい二頭を選んだという。ミレイアには雪に溶け込みそうな真っ白い馬を、イグナシオには利口そうな黒毛の馬を渡され、王太子は自らの愛馬だという栗毛の馬にまたがった。

気性が荒いというのは本当のようで、王太子や護衛としてついてくるヴォワールの騎士が乗る馬は、しきりに足を弾ませていないないている。

かくいうミレイアの馬も、いななきこそしないが足踏みをやめられない。唯一、イグナシオの馬だけはおとなしく立っていた。

「ほう。おとなしい馬とはいえ、初めての騎乗でそこまで御《ぎょ》するとは、素晴らしいですね」

目を見張る王太子へ、イグナシオは「ありがとうございます」とはにかんだ。

「昔から、動物には好かれるのです」

イグナシオを乗せる馬は胸を張って王太子を見つめる。まるで、手出しはさせないぞと言っているように思えたのは、ミレイアだけらしい。

「では、行きましょうか」

ふんと鼻を鳴らして告げると、王太子は手綱《たづな》を引いて馬を走らせた。


遠乗りの最終目的地は王太子の離宮だが、その道すがら通過する森で狩りをすることになっていた。

森の中は陽の光が差さないせいか雪が残っており、肌を刺すように寒い。吐いた息が白く染まり、ここだけ季節が移り変わらず、冬が居座り続けていた。

補佐として同行する狩人《かりゅうど》が身を潜めて獲物を探し、王太子やイグナシオへ告げる。彼らの案内で獲物である動物との距離を縮めると、それぞれが持ってきた弓矢を構えた。

イグナシオが弓につがえた矢を引き絞《しぼ》る。まだまだ成長途中の華奢《きゃしゃ》な身体《からだ》に見えるのに、弓を構える姿は揺らがない。獲物を見つめる紫の瞳からはいつもの人をからかう色を消し、獲物だけを捉えていた。

矢を握る手を離す。びゅっという風を切る音が響いたかと思えば、獲物――ウサギの足下に矢が突き立った。

驚いたウサギはその場で高く飛び上がり、すぐに草木の向こうへ逃げていく。

その様子を黙って見つめて、イグナシオは肩を落とした。

「惜しかったですなぁ」

「申し訳ありません。せっかくお膳立《ぜんだ》てしていただいたというのに」

「いやいや、美しい構えでしたよ。筋はよろしいのだと思います。殿下はまだまだお若い。これから身体ができてくれば、もっとうまく射ることができましょう」

「精進《しょうじん》いたします」

「その意気です」

王太子がイグナシオを励ます間に、狩人が次なる獲物を見つけて来た。今度は王太子が矢を放ち、見事獲物を射貫《いぬ》いていた。

しばらく森を駆け回り、空が白く色を変え始めた頃、狩りを終えた。最終的に王太子が獲物を四匹、イグナシオが三匹仕留め、早速今夜、離宮での晩餐でいただこう、と和《なご》やかに話していた。

そのときだった。

ミレイアが騎乗する馬が大きく頭を振り、いななきながら前後の足を交互に持ち上げて地団《じだん》駄《だ》を踏みだした。

「え、ちょっ……落ち着きなさい！」

ミレイアが振り落とされないよう足を踏ん張りながら手綱を引く。しかし、白馬が落ち着きを取り戻すことはなく、泡《あわ》を吹いた口元で「ぶひぃっ、ぶひぃっ」と苦しそうに鳴き、ミレイアを乗せたままかけだした。

「ミレイアさん！」

背後でイグナシオの焦った声が響く。

おかしい、とは思っていた。

足踏みこそすれ、無駄にいななないたりもせず従順に従っていた白馬が、昼休憩を挟んだ辺りから様子が変わり始めた。

最初はミレイアの指示に対する反応が遅くなった。時間がたつにつれ呼吸がわずかに荒くなり、狩りを終える頃にはやたらと首を振るようになっていた。

だがまさか、泡をふいて暴走するだなんて。

土地勘のないミレイアに馬がどこへ向かっているのかわかるはずがない。ただ、振り落とされれば無事では済まないことだけは理解できたので、必死に馬にしがみついていた。

森の中ゆえに、進路を妨害する木々を避けようと馬が身体をくねらせる。しがみつくミレイアすら邪魔だと言わんばかりの暴れっぷりだった。

「ミレイアさん！」

イグナシオの声が背中に掛かる。振り返る余裕がないため確認できないでいると、つややかな黒毛が視界の端に映った。

「ミレイアさん、そのましがみついていてください！」

振り向くこともできずに、ミレイアは黙って首を縦に振る。

視界に映る黒毛の馬がどんどん前へ出てくる。森の中を駆け抜けているため、木々に進路を妨害されるなか、イグナシオが自らの馬を暴走する白馬の真横につけた。次の瞬間、彼は身を乗り出してミレイアの手ごと手綱を握り、白馬に乗り移った。

二匹の馬の進路に巨木が迫る。ミレイアの背後にまたがるイグナシオが思い切り手綱を引いて白馬の進路をそらし、巨木の脇をすり抜けた。黒毛の馬は大きく前脚を持ち上げて立ち止まる。

進路をわずかにそらすことはできても、白馬が脚を止めるそぶりはない。イグナシオはミレイアが落馬しないよう手綱を持ったまま両腕で自らの胸へと引き寄せた。

どれだけ駆け続けたのだろう。次第に白馬は走る速度を落とし、やがて命をふりしぼるように弱々しくいないて、両脚を持ち上げた。体力の限界を越えていたのか、両脚を振り上げた格好のままバランスを崩し、ゆっくり横へ傾《かし》いだ。

イグナシオは手綱を放してミレイアの腹に両腕を回すと、身をかがめて覆《おお》い被《かぶ》さり、背後へ跳んだ。馬から少し距離をとった地面へ転がるように落ちると、足下に白馬が倒れ込んだ。

口から泡をふく馬は目を閉じ、ぴくりとも動かない。万が一蹴《け》られたらひとたまりもないので近寄ることはできないが、呼吸が止まっているように見えた。

「死んでしまった？」

「おそらく。なにか毒を飲まされたと考えるのが妥当《だとう》でしょう」

泡をふいて暴れ回るなんて、明らかにおかしい。イグナシオの見立てはおそらく正解だ。

いつ毒を飲まされたのかわからないが、白馬をミレイアにあてがったのはヴォワール側だ。つまり、彼らはミレイアの命を狙ったことになる。

仕事中に山賊《さんぞく》や海賊《かいぞく》に襲われた経験はあるが、彼らの相手をするのは護衛たちで、ミレイアは安全なところで身を隠していた。ここまで逼迫《ひっぱく》した命の危機を感じたのは、初めてだった。

命を狙われた。殺されそうになった。いまさらになって恐怖が襲いかかってくる。がたがたと身を震わせるミレイアを、イグナシオが後ろから抱きしめた。

「ミレイアさん、気を確かに持ってください。大丈夫です。私が必ず守りますから。ゆっくり息を吐いてください」

耳元で指示されるとおりに息を吐く。無意識のうちに浅くなっていた呼吸が安定し、震えも徐々に落ち着きだした。

腕をほどいたイグナシオはミレイアの前へと回り込み、彼女の瞳にたまる涙をぬぐって改めて胸に抱きしめた。

「怖かったですよね。もう大丈夫です。危機はひとまず去りました」

ミレイアを落ち着かせようと、イグナシオが優しく言い聞かせる。だが、彼は決して嘘はつかなかった。

そう。落馬によって命を落とすことはなかった。が、これで身の安全が保証されたわけではない。

ヴォワールがこんなにもあからさまにミレイアの命を狙ったのだ。このまま彼らに見つかれば、なにをされるかわからない。

「ヴォワールを出ない限り、安全はありえないのですね」

自分に言い聞かせるように、ミレイアはつぶやく。

命の危機はまだ去っていない。だというのに、立ち止まってなどいられない。

目を閉じて、深呼吸。樹木の香りを感じて、森の香りかと思ったが違うと気づいた。この深い香りは、イグナシオが纏《まと》うものだ。

全身を包み込む熱に、普段なら恥ずかしさがこみ上げただろうが、いまはひとりじゃないと実感して安心する。

そうだ。ミレイアはひとりではない。イグナシオとふたりで、この国から逃げなければ。

決意とともに目を開き、イグナシオから離れた。

「護衛たちが私たちを探しているはずです。まずは、獣たちに襲われず、かつヴォワールの追っ手からも身を隠せる場所を探しましょう」

イグナシオの目を見つめて言い切れば、彼はしばし目を見開き、その後がっくりと肩を落とした。

「この極限状態で落ち着きを取り戻すなんて。うれしい誤算ではありますが、もう少し僕を頼ってもいいんですよ」

「いいえ、殿下がそばにいてくださるから、心を落ち着けることができたのです。そもそも、殿下がいなければいまごろ落馬してどうなっていたことか」

考えるだけで怖気《おぞけ》が走る。だが、いまは恐怖に震えるときじゃない。

「とにかく、ここから移動しましょう。命を狙ったのか否《いな》かは別として、私になにかしら危害を加えたかったのは必至。であれば、落馬した私を回収するために騎士が森に潜んでいてもおかしくない」

なぜ、突然命を狙われることになったのか。考えられる可能性は、イグナシオとふたりきりになろうとする王太子を妨害したことだ。

王太子はなんとしてもイグナシオとふたりで離宮へ向かいたかったらしい。

まさかイグナシオ自らミレイアを追いかけるなんて思いもしなかったろう。

「殿下が馬術を得意としていてよかったです」

あの場に残っていたら、どうなっていたことか。

「それはこちらの台詞《せりふ》ですよ。振り落とされず、よく耐えきりましたね」

イグナシオがミレイアの髪を撫《な》でた。優しい手つきに、思わず押し込めた弱さが顔を出しそうになったが、口をひき結んでこらえる。

「互いを労《いたわ》るのは、この危機的状況を脱してからにしましょう」

髪に触れる彼の手を下ろし、握りしめる。

命の危機を前に、ひとりで立っていられるほどミレイアは強くない。あがくのをやめればたちまち敵の手に落ちるとわかっているから、無理矢理前を向いているだけだ。

だから、

「助かったら、また、頭を撫でてください」

弱さを見せるのは、未来にとっておこう。

ミレイアの願いを聞いたイグナシオは虚を衝《つ》かれた顔をしたが、すぐに表情を引き締めた。

「もちろんですよ。震えが治まるまで抱きしめてあげます」

約束を口にして、ミレイアの手を握り返した。


空はあかね色だというのに、森の中はすでに薄暗い。

陽が陰れば、当然寒さも厳しくなる。雪が残る森はまさに真冬の寒さで、ミレイアとイグナシオは互いの体温を分け合おうと身を寄せ合いながら進んだ。

暗闇に目が慣れればもっと視界がひらけるのに、時折差し込む夕日のせいでいまいち見通しが悪かった。暗闇に目をこらし、追っ手の接近にいち早く気づけるよう、耳を澄ます。

どこからともなく、草をかき分ける騒がしい音が聞こえてきた。神経を研《と》ぎ澄ましてだいたいの方向を確認しながら、ミレイアたちは木々の陰に隠れる。

身をかがめ、息を殺しながら、どうか近くを通らないでくれと祈った。しかし、願いもむなしく物音はどんどん近づいてくる。

気配を忍ぶ、という考えのない騒がしい音の発信源は、どうやらひとつだけではないらしい。草をかき分ける音だけでなく、複数の足音が聞こえてきた。

足首までの草を盛大に踏みならしながら、暗闇から誰かが顔を出す。ミレイアたちの存在にまったく気づいていないのか、次々に暗闇から人影が飛び出してきた。

現れた人影はよっつ。木々の裏から様子を窺《うかが》っていたミレイアたちは、彼らを見て驚き戸惑った。

「子供……ですよね。どう見ても」

「そうですね。しかも、まだまだ幼い……」

暗闇から現れた四人組は、全員子供だった。正確な年齢はわからないが、一番年長であろう赤い髪の少年でさえ、フェリクス（十歳）と同い年くらいと見受けられた。

こんな森の中に、どうして子供が現れるのか。しかし、子供がやってこられるということは、彼らの家がこの近くにある可能性が高い。ここがいったいヴォワールのどの辺りなのか、情報が得られるかもしれない。

ミレイアとイグナシオは顔を見合わせた。

「私が行くよりも、ミレイアさんが話しかけた方がうまくいくような気がします」

「わかりました。では、行ってみます」

木の陰から飛び出す前に、ミレイアはわざと草を踏みしめ、がさがさと音を鳴らした。

少年たちがびくりと身体《からだ》をこわばらせて身を寄せあうなか、最年長と思われる赤髪の少年が

「誰だ！」と声を張り上げて仲間を背中にかばう。

これといって武器を持ち合わせていないようだと確認してから、ミレイアはまず、暗闇から顔を出した。

「……女？」とつぶやいて、赤髪の少年は一歩身を乗り出した。警戒はしているが、襲いかかってくるそぶりはない。ミレイアは暗闇から抜け出して子供たちの前に姿を現した。

「驚かせてごめんなさい。私たち、怪しい者じゃないのよ。もちろん、あなたたちになにか危害を加えるつもりもないわ」

赤髪の少年は眉根《まゆね》を寄せてミレイアを観察する。

暴走馬に乗り続けたせいで、ミレイアの髪は乱れて所々に葉っぱがひっかかり、さらに地面

を転がったせいで服には土がついている。なにかトラブルに巻き込まれた令嬢とわかってくれたようで、視線から放たれる敵意が薄くなった。

「私たちって、あんた以外にもいるのか」

あえて複数形で伝えたことを、赤髪の少年はきちんと拾い上げて問いかけた。

待っていましたとばかりにミレイアがうなずいて後ろを振り向けば、暗闇の向こう側からイグナシオが姿を現した。

まだまだ幼さは残るとはいえ、少年たちよりも大人の男であるイグナシオの出現に、彼らは警戒を強める。だが、木々の隙間《すきま》から差し込む光に照らされたイグナシオを見て、目を見開いて固まった。

あかね色の光を受けて淡く色づく白金の髪。まだ丸みを残す頬《ほお》には土汚れがつき、少年たちを見つめる紫の瞳に宿る憂いを強調していた。

「光の、神様だ……」

誰かがつぶやくと、子供たち全員が「ほんとだ」と口をそろえる。

彼らの反応に、今度はミレイアたちが面食らった。

アレサンドリとは違い、ヴォワールでは力を司《つかさど》る神を信仰している。貴族でもない限り、他国の信仰など知るはずもない。それなのに、彼らはイグナシオを見て光の神と言ったのだ。

驚かない方が無理だ。

戸惑うミレイアたちへ、赤髪の少年が言った。

「そこの人は、アレサンドリ神国の王族か？」

光の神を知っているだけでなく、アレサンドリの王族の特徴まで知っているなんて。

こんな子供が追っ手とは思えない。だが、無関係とも言い切れない状況に、どう答えるべきかとミレイアは迷う。

答えようとしないふたりへ、赤髪の少年はさらに続けた。

「俺たちの面倒を見てくれている先生が教えてくれた。アレサンドリ神国には優しい光の神様がいて、神様の子孫が治める明るくて温かい国なんだって」

「明るくて、温かい、国？」とミレイアがつぶやくと、子供たちは大きくうなずいた。

「強くなくってもね、生きてていいの！」

「弱い子をかばってもね、怒られないんだよ」

「光の神様が太陽の恵みをくださるから、食べ物だって、盗《と》ってこなくてももらえるの」

子供たちが無邪気に語る内容に、ミレイアは胸を温めるどころか戦慄した。

この子たちはなにを言っているのだろう。

すべて当たり前のことじゃないか。

それなのにどうして、彼らは夢物語を語るようなきらきらした瞳をしているのだろう。

まるでそんなこと、ありえないと言わんばかりに。

ミレイアの背筋が凍る、指先が冷え切って、がたがたと震えだした身体を抱きしめた。

弱者が虐《しいた》げられ、生きている価値すらなく、かばうことすら許されない。

十にも満たない幼子が、それが常識だと疑わずに語る。

それが、ヴォワール。この国の現実。

「君たちは、孤児か？　どこか、保護してくれる孤児院は？」

恐ろしい現実を受け止めきれずにいるミレイアと違い、いち早く立ち直ったイグナシオが問いかけた。

あまり聞かれたくない内容だったのか、赤髪の少年は不快そうに目元をゆがめた。

「俺たちが暮らしていた孤児院なら、三年前に潰されたよ。弱い子供は不要だっていって。子供を育てられずに死ぬ親は弱い、弱い者が産んだ子供も弱いはずだって」

「先生がね、逃がしてくれたんだよ」

逃がす——ありえない言葉を聞いて、ミレイアはめまいを覚えた。

逃げなければ、彼らがいったいどうなっていたのか。こみ上げる吐き気をこらえ、口元をひき結んだ。

「この森にいるのは、身を隠すためか」

「そうだよ。今日は貴族が狩りに来ていたみたいだから、陽が暮れるまでおとなしく隠れていたんだ」

「ということは、なにか目的があってここへやってきたんだな。なにをするつもりだ？」

赤髪の少年はすぐには答えなかった。じっとイグナシオの瞳を見つめる。やがてなにか納得したのか、口を開いた。

「この先に屋敷があって、そこから食糧を調達するんだ」

「屋敷？」

やっと落ち着いてきたミレイアが問いかける。

こんなうっそうとした森の奥に、どうして屋敷があるのか。それとも、ここは森の外に近いのだろうか。

「森の中にぽつんと一軒、屋敷が建ってるんだ。そこにはいろいろ置いてあって、食糧や金を盗んでる」

「よく住人に気づかれないな」

「気づかないと思うよ。だって、あふれかえるくらい置いてあるし、そもそも誰も住んでいないし」

「住んでいない？　つまり、貯蔵庫か？」

貯蔵庫と聞き、ミレイアの頭に一つの可能性が浮かぶ。

「見た目は立派な屋敷だけどな」と、赤髪の少年は頭を傾けた。

「正面の入り口に見張りの兵士が立っているだけで、屋敷の中で誰かと出くわしたことはない。

たぶん見張りの兵士もくすねてるぞ。リンゴを食べているのを見たことがある」

「リンゴ……ですか」

つぶやいて、イグナシオは顎《あご》に手を添えて考え始める。

リンゴは暑い地域でなければ栽培《さいばい》可能だ。多様な種類があり、ヴォワールで自生していても不思議ではない。

だが、慢性的な食糧不足に陥《おちい》っているこの国で、盗まれても気づかないほどに大量の食糧がある、だなんて、明らかにおかしい。

「……その屋敷へ、我々も連れて行ってくれないか」

イグナシオの提案を聞き、ミレイアはとがめるように彼の腕を引っ張った。だが、こちらへ視線を向けることもなく、彼は赤髪の少年を見つめている。

「いいけど……兵士たちに見つからないよう、気をつけてくれよ。貴重な食糧源なんだからさ」

赤髪の少年はミレイアの様子を気にかけながらも引き受けた。

「だったら急いで行こう。これ以上陽が沈んだら、真っ暗でなにも見えなくなるから」

空を見上げれば、あかね色の空が見える。木々の葉の隙間《すきま》から、いまはまだ太陽の存在を垣《かい》間見《まみ》ることができるが、見えなくなるのも時間の問題だろう。

赤髪の少年を先頭に、子供たちは歩き出した。

あまり気が乗らないミレイアはなかなか動き出そうとしなかったが、手をつなぐイグナシオが後に続いたため、仕方なく歩く。

「どうしてついていくのですか。支援した食糧が貯蔵されているかもしれないと、殿下もお考えなのでしょう」

子供たちへ聞こえないよう、小声で問いかければ、振り返ったイグナシオが皮肉気に笑った。

「だからですよ。彼らは食糧以外に金もあるといった。もしかしたら食糧支援の横流しで得た金でなにをしようとしているのか、わかるかもしれない」

「そういうことは、部下に命じてください。あなたがするべきことじゃない」

「その部下がいまはいません。それに、貯蔵庫があるということは、そこから街へ道が繋《つな》がっているはずです。森の中をさまようよりも、道沿いを歩く方が確実に王都へ戻れますよ」

確かに、支援した食糧を運びこんでいるのならば、馬車が走れるだけの道が整備されているはず。

王太子に見つかる前に王都へ戻り、国王の目が届く範囲へ戻ることができれば、おそらくは助かるだろう。なぜなら、領地拡大に心血を注ぐ国王は、アレサンドリからの支援が必要だからだ。アレサンドリの使者であるイグナシオとミレイアに危害を加えるはずがない。

しかし、屋敷には見張りがいるというし、王太子の追っ手がやってくる可能性もある。

「だったら、屋敷内、またはその周辺で身を隠しながら時を稼《かせ》ぐというのはいかがでしょう。遠乗りに同行した騎士が、あなたの部下を通じて船で待つ騎士たちへ事態を伝えるはずです。

そうなればすぐに捜索隊を派遣するでしょう。数日持ちこたえればこちらの勝ちです」

イグナシオの説明を聞いたミレイアは、数日といわず明日には解決しそうだな、と思った。ミレイアが危機に陥《おちい》ったと知って、彼らがおとなしくしているはずがない。

危険は依然としてある。だが、勝率は高い。

「いいですか、殿下。真実の追究は二の次。最優先事項はあなたの身の安全です。それを約束してください」

「さすがミレイアさん。話がわかる。あなたのそういう計算高いところは、好ましいですね」

天使、と称するには色気のにじんだ笑みをイグナシオは浮かべた。

計算高いといわれて、喜んでいいのかいまいちわからないが、とりあえず褒《ほ》め言葉として受け取っておくことにした。


子供たちの後を歩いて数分。うっそうと生い茂る森の中に、くだんの屋敷はひっそりと建っていた。

一目見て、子供たちの言葉に嘘はないとミレイアは思う。

木組みの屋敷は、古くからこの地に立つ木々と高さがそう変わらない、三階建てを誇っていた。高さだけでなく広さも十分にあり、建物だけならアルモデ交易拠点と同じ大きさだった。

道もきちんと整備されており、馬車一台なら余裕で通行できる広さの道が屋敷から伸びている。ただ蛇行《だこう》しているため、この道がどこへ通じているのかはわからなかった。

屋敷を囲う塀《へい》はなく、両開きの玄関扉の前に兵士がふたり立っていた。

木の陰に隠れながら様子を窺《うかが》うイグナシオが、一緒に身を潜める子供たちへ問いかける。

「で、どこから入るんだい？」

赤髪の少年は「こっち」とだけ答えて歩き出す。

建造物の分だけひらけた人工的な広場の縁をたどるようにして、屋敷の裏側に回り込む。しかし、窓が並んでいるだけで裏口らしきものはない。

まわりに人影がないと確認すると、子供たちは陰から飛び出して屋敷へと歩き出した。扉もないのにどうするのかと思えば、赤髪の少年はおもむろに窓に手を伸ばす。

屋敷の窓は上下にずらして開けるものだった。そういう型の窓は、上下の窓が重なっているところにねじ式の鍵《かぎ》がついているはず。外から開けるなんて不可能なのだが。

などと、ミレイアが考えている目の前で、窓が動いた。

「え」と驚いているミレイアを放って、子供たちは慣れた様子で屋敷の中へ侵入していく。赤髪の少年が窓を開けている間に三人が窓を越え、内側から支えている間に赤髪の少年が窓を飛び越えた。

一連の作業に迷いはなく、彼らが手慣れていることがいやでもわかった。言いたいことがないといえば嘘になる。が、生きていくために必要なことをしているだけの彼らに、手をさしのべることもできないくせに一方的な正義感でとやかく言うべきではない。苦い思いで口を閉ざし、ミレイアは窓を乗り越えた。

窓の向こうは台所だった。見張りの兵士の食事を用意するだけにしては、ずいぶんと立派な台所である。外から見ていたときは、貯蔵庫とばれないよう貴族の別荘風に仕立てたのかと思ったが、もしかしたら実際に滞在できるだけの設備が整っているのかもしれない。

ざっと部屋の様子を確認したミレイアは、自分たちが入ってきた窓を見る。鍵らしきものは見当たらなかった。

立派な台所は作っても窓に鍵をつけない。必要性のないところにばかりこだわって、押さえなければならない場所で手を抜く感じが、この国らしいなと思ってしまった。

早速食糧を物色するのかと思えば、子供たちは見向きもせずに扉へと向かった。なんでも、台所はただの飾りであって実際に使用しておらず、食糧は別の部屋に固めてあるという。

扉を開けて廊下《ろうか》に誰もいないことを確認してから、台所を出る。むき出しの板張りの床に、美術品どころか絵画ひとつかけられていない廊下。だが、精巧なツタ模様が美しい革張りの壁や、職人の情熱を感じる金属製の壁掛け燭台《しょくだい》など、まるで作りかけの別荘のような、そんなちぐはぐさが見受けられた。

しばらく廊下を進んで赤髪の少年が立ち止まったのは、両開きの扉の前だった。奥へ続く廊下に同じ扉が等間隔で並んでいることから、ここがもし貴族の館であったと仮定して、扉の向こうは夜会を行う大広間へ繋がっていると予想した。

音を立てないよう慎重に扉を開ける。扉の隙間《すきま》から、開放感のある高い天井とぶら下がる壮《そう》麗《れい》なシャンデリアを見て、ミレイアは自分の予想が外れていなかったと知る。が、一歩足を踏み入れて目《ま》の当たりにしたものに、呼吸すら忘れた。

長方形の部屋の奥。夜会が行われたのなら主催者や位が最も高い人物がたたずむであろう場所から、間を空けて並ぶ扉の三つ目まで、木箱や麻袋、樽《たる》で埋め尽くされていたのだ。

兵士が物色しているという話は本当なのだろう。いくつかの木箱が開いて中身がのぞいている。それどころか、倒れた麻袋のひもが緩《ゆる》み、麦が床に散らばっていた。

「どうやら、当たりみたいですね」

イグナシオが、暗い笑みを湛《たた》えてつぶやく。

「……ええ。外れてほしかったですけれど」

ミレイアは木箱を凝視したままうなずいた。

確認するまでもなく、わかる。

ここに積み上げられた荷物は、アレサンドリが支援した食糧だ。

ミレイアの生家であるアスコート家はアレサンドリの食料庫として、当然、ヴォワールへ送る食糧の調達も行っている。だからこそ、確信を持って言える。

ずれた木箱のふたからのぞく赤は、今年収穫したリンゴだ。焦げ茶の袋に詰まっているのは小麦粉。赤い文字が走り書きしてある木箱にはチーズが、黒い鉄の輪がはまる樽には葡萄酒《ぶどうしゅ》が、銀色の鉄の輪がはまる樽にはエールが入っている。

中身を改める必要もない。それらは、バートレイ商会の幹部としてミレイアが用意したものなのだから。

スハイツから詳しい報告は受けていた。換金したものを武器購入にまわしているという仮説も自分が言い出したことだ。

けれど、いざ現実を目の当たりにして、衝撃のあまり足から崩れ落ちそうになる。

必死にこらえるミレイアを放って、子供たちが食糧を物色し始める。持ってきていた袋にせっせとリンゴやチーズ、干し肉を詰める姿を見て、胸元を押さえた。

わき上がるのは、怒り。

これはいま目の前にいる子供たちのために、食糧不足で苦しむ人々のために用意したものだ。

こんな森の奥に隠すためではない。

爆発しそうな激情を、ミレイアは歯を食いしばって押さえ込む。

「心配いりませんよ、ミレイアさん。ヴォワールには、それ相応の罰を受けてもらいますから」

積み上がった食糧を見つめたまま、低い声でイグナシオが言った。口元は変わらず笑みの形を作っているけれど、握りしめた両手が震えていた。

「なあ、あんたたち。俺たちはいまから金を盗りに行くけど、どうする？　ここにいるか？」

赤髪の少年に声をかけられ、ミレイアたちははっと我に返って振り返る。すでに作業は終わったらしく、大きく膨《ふく》らんだ袋を肩に抱えた赤髪の少年がそばに立っていた。

「金は、別の部屋にあるのか？」

イグナシオの問いに、赤髪の少年はうなずく。

「一階は食糧と武器ばっかり。金は二階に置いてあるんだ。あと、紙も」

「紙？　書類のことかい？」

赤髪の少年は首を横に振った。

「書類もあるけど、俺たちが持って行くのは真っ白い紙。それで、勉強してるんだ」

ヴォワールでは親を亡くした子供たちに通える学校はないという。だから彼らは、近くの学校まで行き、外から授業の声を聞いて勉強しているそうだ。

街の人々のほとんどは、校舎に張り付いて盗み聞きする子供たちを哀れに思い、そっとしておいてくれるという。だが、一部の強者至上主義者に見つかると兵士に通報され、追いかけ回されるうえにしばらく街に近づけなくなるという。

「そこまでして、どうして学ぼうとする？」

金があるという二階へ移動しながら、イグナシオが問いかける。赤髪の少年は、先に階段を上る子供たちが転んでも助けられるよう、彼らの背中に手をかざしながら答えた。

「この国では、強くないと生きていけない。でも、誰もが俺みたいに力が強いわけじゃないから、別の強さを身につけなくちゃならない」

「なるほどな。確かに、知識は武器だ」

少年とイグナシオの言葉に、ミレイアもうなずく。

知識があれば、見解が広がる。様々な生き方を模索できる。

貴族令嬢でありながら婚約解消されてしまったミレイアがいまこうやって立っていられるのも、商人としての知識を貪欲《どんよく》に吸収してきたからだ。

二階は個室が多いのか、まっすぐ突き当たりまで伸びる廊下に扉が等間隔に並んでいた。

連れられるまま手前の部屋に入れば、人の頭ほどの袋がいくつも転がり、執務机とクロスを掛けたテーブルには紙の束が積み上がっていた。

赤髪の少年は転がる袋の口を開くと、金貨と銅貨を数枚取り出した。金に手を出したのは赤髪の少年だけで、他の子供たちは紙をひとつまみずつとって胸に抱えた。

クロスの掛かったテーブルには白紙や書きかけの紙ばかりが置いてあり、執務机には使用済みの紙が散らばっている。

執務机まで歩いてきたミレイアは、そのうち一枚を拾い上げた。その背後で、イグナシオが赤髪の少年に声をかける。

「他の子供たちに金を持たせなくていいのか」

「生活に必要なぶんがあればいい。へたに多く抜き取って持ち主にばれる方が困るから」

「だったら金貨は必要ないだろう。そんな大金、子供が持っていては怪しまれる」

「これは、未来のためにとっておくんだ。大きくなったら、俺はみんなを連れてこの国を出る。これは、そのための金」

夢などではなく、明確な目標を語る少年の声を、そして、笑みをこぼしたであろうイグナシオの吐息を、ミレイアはただ聞いているしかできなかった。

手にした紙から、目が離せない。

何気なく手にした紙。それは、契約書だった。執務机に散乱する紙はどれも契約書なのかもしれない。だが、それを確認する余裕がない。

契約書の内容は、武器購入について。ミレイアの推察通り、ヴォワールは食糧を売って手に入れた金で武器を購入していた。

だが、そこで話は終わらない。

なぜなら、そこに記された署名は――

「お兄ちゃん、大変！」

切羽詰《せっぱつ》まった子供の声が、ミレイアを現実に引き戻す。とっさに紙をしまい込んで見れば、窓から外の様子を窺《うかが》っていた子供が、焦った表情で赤髪の少年のもとへ駆けだしていた。

「兵士がいっぱい、屋敷に入ってくる！」

子供の言葉が本当だと証明するように、下の階で物音が響きだした。

追っ手が来たのかもしれない——そう考えたのはミレイアだけではない。イグナシオも険しい表情を浮かべていた。

「どうしよう、お兄ちゃん」

「とにかく、いまは隠れるんだ！」

赤髪の少年の指示のもと、子供たちはテーブルクロスの中に身を隠した。ミレイアも駆けよってきたイグナシオとともに、執務机の中に潜り込んだ。

かくれんぼをする子供のような、心許《こころもと》ない隠れ方だと重々承知している。だが、この部屋にはこのふたつ以外に家具と呼べるものはなく、隠れられる場所もここだけだった。あとはもう、この部屋に追っ手がやってこないことを祈るしかない。

しかし、祈りもむなしく足音は二階へやってきて、やがて扉を開く音が響いた。

「どうだ？」

「べつに人影は見当たらないぞ。そもそも、屋敷の入り口には見張りが立っていたんだ。逃げ込めるはずがないだろう」

「そうだけどよぉ、この近くに馬が死んでいたんだ。可能性はないこともないだろう。ほら、一応調べるぞ。このまま逃がしたら陛下に殺される」

兵士たちの会話を聞きながら、ミレイアは声にならない悲鳴をあげた。

少し調べればすぐに見つかってしまうだろう。しかし、問題はそこではない。

部屋の奥の執務机に隠れたミレイアたちと違い、子供たちは、部屋中央のテーブルの下に隠れているのだ。

つまり、自分たちよりも先に、子供たちが見つかってしまう。

そうなれば最後。盗みを働いた子供たちの命はないだろう。

助けなければ。ここで自分が物音を立てれば、兵士の注意を引きつけられるかもしれない。

彼らの狙いはミレイアとイグナシオだ。ふたりさえ発見できれば、他に侵入者がいるなどと考えず、子供たちは発見されずに済むのではないか。

ミレイアは握りしめた拳《こぶし》で机をたたこうとして、動きを止めた。

いま、ミレイアの背後には、イグナシオがいる。アレサンドリの王族である彼をみすみす敵の手に渡すような真似《まね》を、していいはずがない。

騎士の足音が聞こえる。子供たちの顔が頭に浮かぶ。

子供たちが先に見つかれば、兵士は部屋を出るかもしれない。自分たちは助かるかもしれない。

でも、だからといって、十にも満たない子供を犠牲《ぎせい》にするなんて。

だが、ここでイグナシオが捕まり、彼を人質にしてヴォワール側が不当な要求をしたら？　結果によっては戦争にだってなりかねない。そうなれば、数え切れないほどの命が犠牲になる。

拳を握りしめたまま、迷うミレイアの視界に、イグナシオの腕が映り込んだ。

背後から伸びてきた腕の先、ぐっと握りこんだ拳が、机の天板をたたく。

こん、と、控えめな音は、しかし兵士たちの耳にしっかり届いた。

「そこに誰かいるのか！」

兵士の怒号が響く。その声を聞きつけた他の兵士も駆けつけているのか、足音が次々に近づいてくる。

「あなたを巻き込んでしまい、すみません」

耳元で、イグナシオがささやく。それに、ミレイアは頭を振った。

「殿下は、子供を守ったのです。感謝しかありません」

むしろ、ほっとしているくらいだ。

アレサンドリには申し訳ないが、目の前の子供を見捨てることは、やはりできない。したくない。

ミレイアは心を決めて、執務机の下から抜け出る。続いて出てきたイグナシオとともに、立ちあがった。

部屋には、自分たちと行動を共にしていた騎士数人と、扉のすぐそばに、王太子が立っていた。

彼はミレイアたちの姿を見るなり、目を見開いて卑《いや》しく笑った。

「これはこれは、殿下と婚約者殿。そんなところに隠れているなんて、かくれんぼでもしていたのですかな？　となると、私は鬼、というところでしょうか」

仰々《ぎょうぎょう》しく両手を広げて王太子はのたまう。

腹立たしさで肩を怒らせるミレイアの横で、イグナシオは笑った。

「では、今度は私が見つける番ですね。どうぞ、隠れてください。探しますから」

「あっはっはっ。殿下は面白いことを言いますね。ですが遊びはここまでだ。捕まえろ」

一段低い声で命ずると、騎士たちが動き出した。ミレイアとイグナシオ、それぞれの背後に回り込み、両腕を拘束《こうそく》する。

「そのお方はアレサンドリの王族ですよ！　気安くさわってはなりません！」

イグナシオを無遠慮《ぶえんりょ》に拘束する騎士へ、ミレイアは批難の声をあげた。

「面白いことを言う。こんな状況で、我々が言うことを聞くと思っているのか」

鼻で笑いながらイグナシオへと近づく王太子を、ミレイアはにらみつけた。

「聞く聞かないの問題ではない！　これは、アレサンドリ神国民としての誇りよ！」

「誇りか、それはいい」

もがくミレイアを見つめながら、王太子はイグナシオの顎《あご》を乱暴につかむ。

「汚い手で触らないで！」

「この俺に対して、汚い、か。ここまで逆らう女など、初めてだ。気の強い女は嫌いじゃない。屈服させたくなる」

ミレイアの背筋に冷たいものが走った。だが、ここで退くわけにはいかないとにらみ返した。

「ふふっ、いいぞ。楽しめそうだ。おい、この屋敷にベッドはあるか？」

イグナシオの顎をつかんだまま、王太子はそばに控える騎士に問いかけた。

「兵士が休憩するためのベッドなら、一階にございます」

「そうか。女をそこへ運べ。たっぷりかわいがってやろう」

言葉の意味を理解するなり、ミレイアの全身に鳥肌が立つ。

「ちょっ……や、離して！」

息が止まりそうな恐怖を前に、無我夢中で暴れた。女であるミレイアの抵抗など、屈強な騎士からすればなんの意味も成さない。ずるずると引きずられるようにして、扉へと移動していく。

「待て」

上から押しつぶすような、有無を言わせぬ圧迫感のある声が部屋に響いた。運びだそうとしていた騎士だけでなく、抵抗していたミレイアさえも動きを止めた。

はっと我に返った王太子が声を発した人物――イグナシオを見る。

イグナシオは凍り付いた紫水晶の瞳で、王太子をにらみつけていた。

「いつまで私に触れている。ミレイアが言っただろう。お前ごときが触れていい存在ではない」

雪に覆《おお》われた世界のように静まり返った部屋に響く声は、淡々としていながら聞くものの身体《からだ》にのしかかる圧力があった。

イグナシオは顎をつかまれたまま首を傾《かし》げ、目の前の王太子を斜めに見下ろした。

「さっさとその汚い手をどけろ」

もはやそこに天使と謳《うた》われる幼さはなく、王太子を見つめる紫の瞳に宿るのは、強者の、上に立つものの風格。

イグナシオの圧倒的な存在感に呑《の》まれた王太子は、目を見開いて固まる。やがて表情をだらしなくゆがませ、笑い声を漏《も》らした。

「これは、いい。いいぞ！　無垢《むく》だと思っていた第二王子が、こんな本性を隠し持っていたなんて……最高じゃないか！」

目を見開いたまま笑う王太子からは、人間らしい理性など感じられない。

「気が変わった。先に王子で遊ぶことにする。光の神の末裔《まつえい》だと言われる気高き心を踏みにじってやろう。お前はどんな風に泣くのか、いまから楽しみだ。連れて行け！」

「だ、だめよ！　そのお方に手を出してはなりません！」

声を張り上げ、抵抗するミレイアと違い、イグナシオはすました表情のままおとなしく騎士に連行されていく。

「その女は適当な部屋に軟禁《なんきん》しておけ。壊れた王子を見せれば、さぞいい反応をしてくれるだろう。楽しみだな」

「だめ、やめて！　殿下！　殿下ぁ!!」

もはや悲鳴といえる声をあげるミレイアを、兵士は引きずっていく。階段の向こうへ消えていくイグナシオを見つめながら、二階の一室に放り込まれたのだった。


必死の抵抗もむなしく、ミレイアは両手を縄で縛《いまし》められた状態で、閉じ込められた。

家具どころか木箱ひとつ置いていない空《から》っぽの部屋はやたらと広く、日没が近いのか、窓から差し込む夕日も陰って薄暗い。

さっきまでいた部屋より心なしひんやりしている。ひとりきりだからかもしれない。

放り込まれたがために倒れ込んでいた身体を、なんとか起こす。せめて身体の前で両手を拘束されたなら、もっと動きやすかったろうに、とずれたことを考えながら立ちあがった。

窓まで歩いて外をのぞけば、立派な枝をこちらへ伸ばす木々が見えた。屋敷を建造する際、最低限しか伐採《ばっさい》しなかったのか、数年後には枝が窓を突き破りそうなほど木々が近い。ただ、道が見えないので屋敷の裏側だと思われる。

部屋の中央へ戻ってきたミレイアは、なんとか縄を外せないだろうかと手首をひねった。しかし、騎士が力尽くで縛めたものを、もがいたくらいで外せるわけがない。

早くここから抜け出してイグナシオを助けに行かないと。

ひとりきりの空間は気持ちばかりを焦らせる。あきらめきれずに手首を動かし続けても、状況は変わらない。それどころか、縄で肌が傷ついたのかずきずきと痛みを感じ始めた。

焦燥《しょうそう》のあまり、視界がにじみ出して、ミレイアはごまかすようにうつむく。

泣いている場合ではない。やるべきことがあるのだから。決して泣くものか。

歯を食いしばって、ミレイアは腕を動かす。手首の痛みが増しても、構わず動かし続けた。

コン――と、小さな音が背後から聞こえた。部屋の中が静まりかえっていなければ聞き逃しそうな音に気づいて振り返れば、さっきまで一緒にいた赤髪の少年が窓に張り付いていた。

どうしてそんなところに！　そう叫びそうになって、慌てて口を閉ざした。そうこうしている間にも少年は窓を開け、部屋の中へと入ってきた。彼の背後で、枝が大きく揺れていたことから、木を伝って来たらしい。

「お姉さん、大丈夫か？　いま縄を外してやるからな」

赤髪の少年はミレイアの背後に回り込むと、縄をほどき始めた。きつく縛った縄をほどくのは簡単なことではなく、時折「くっそ、馬鹿力め」と悪態をついていた。

四苦八苦した末になんとか縛めをほどくことに成功し、ミレイアはずっと反り返っていた身体を折って脱力した。

ほっと息を吐いてから振り返ると、気力を使い果たしたのか赤髪の少年が仰向《あおむ》けに倒れていた。

「あの、助けに来てくれてありがとう」

床に手をついて四《よ》つん這《ば》いになり、少年の顔をのぞき込んで礼を言う。

ミレイアに視線を合わせた少年は、「礼なんていらない」と言って、足で勢いをつけながら起き上がった。あぐらをかいて座り、両手を足首の上に置く。

「先に助けてもらったのは俺たちの方だ。あのとき、あんたたちが音を立てなければ、俺たちが見つかっていた。そうなったらただじゃすまない」

自分は当然のことをしただけ——少年の言葉が、ミレイアの胸に突き刺さる。

だって、彼らを助けたのはミレイアではなく、イグナシオだから。ミレイアの迷いを感じ取った彼が、自ら動いた。

さっきだってそうだ。ミレイアを助けるために、イグナシオはわざと王太子を挑発した。天使みたいな顔をして、腹の中で黒いこと考えているくせに。いざというとき、真っ先に自分の身を危険にさらす。

気を抜くと泣いてしまいそうで、ミレイアは両手を握って赤髪の少年を見据えた。

「殿下を、助けなきゃ」

「俺も手伝う」と即答する少年へ、ミレイアは頭を振った。

「危ないからだめよ。一緒にいた子供たちのことも心配だし……」

「あいつらなら、先に隠れ家へ帰した。いまこの屋敷にいるのは俺だけだ。足手まといには絶対にならない。危なくなったら、自分の身を守ることを優先する。だから、俺にも手伝わせてくれ」

言い切る少年のまなざしが、絶対に退くつもりはないと語っている。

止めても仕方がないと悟ったミレイアは、自分の身の安全を最優先する、という約束のもと許可を出したのだった。


騎士はひとり、廊下《ろうか》に立っていた。

背後の扉の向こうには主の新たな遊び相手を閉じ込めてある。気が強く、ぎりぎりまで抵抗しつづけていたが、灯りもなにもない部屋に縛って放り込んだのが堪《こた》えたのか、いまは静かになっていた。

騎士は込み上がるあくびをかみ殺した。任務中にあくびなんて、気が緩《ゆる》むにもほどがある。が、他の同僚は一階で夕食の準備をしているし、王太子は休憩室でお楽しみ中。二階にいるのは自分だけとなれば、気が緩むのも仕方がないというもの。

さらに腹まで空いてきた、というのもやる気のなさに拍車をかけていた。早く誰か食事を持ってきてくれないだろうか。あとどれくらいでできあがるだろう。まさか味見と称してつまみ食いしていないだろうな。うらやましい。

などと、どうでもいいことを考えて眠気とったたかっていたときだ。なにかがぶつかる、軽い音が聞こえた。

気のせいか、と思ったが、少し間をあけてまた同じ音が響く。閉じ込めた令嬢がなにかしているのかと思ったが、別の部屋から音が響いていた。

足音を響かせないよう慎重に進み、音の発信源を探った。聞こえてくるのは、令嬢を閉じ込めた部屋からふたつほど階段から離れた部屋だった。たしか、この部屋も空《から》っぽのはず。

考えている間にも、また音が響いた。近づいたことで気づく。これは、ガラスをたたく音だ。

音を立てないようドアノブを慎重にまわし、勢いよく開いて部屋の中に突入した。しかし、部屋は記憶通り空っぽで、誰もいない。

代わりに、風に揺れる枝が窓にぶつかっているのが見えた。音の正体がわかり、騎士は拍子抜けした。むしろ警戒心いっぱいで扉を開けたことが恥ずかしくなった。

「……一応、確認しておくか」

アレサンドリ側が連れてきた護衛は森に残した仲間が始末しているはずだが、万が一ということもある。

窓際まで進んだ騎士が、窓を開けようと腕を伸ばしたところで、首の後ろに衝撃が走った。

「――――――――っ！」

昏倒《こんとう》する騎士の背後で、手を押さえたミレイアが声にならない悲鳴をあげた。スハイツに教えられた『人体の急所』を、これまた彼に教えられたとおり『自分の手を壊すつもりで』殴《なぐ》った結果、経験したことのない痛みにのたうち回る結果となった。

「お、お姉さん、大丈夫なの？」

窓の外から顔を出した赤髪の少年が、慌てて部屋の中に入ってくる。

枝を窓にぶつけて敵をおびき寄せる、という任務をきちんとまっとうした彼に、ミレイアは無理矢理笑顔を作ってうなずいた。

「ありがとう。あなたが敵を引きつけてくれたから、うまくいったわ」

「お姉さんこそ、木登りができるだけじゃなくて、素手で騎士を倒しちゃうなんて。本当に貴族なの？」

「そうね。貴族だけど、商人でもあるのよ」

幾分か痛みがましになった手を振り回しながら、ミレイアは舌を見せておどけた。

少年のおかげで縄の縛《いまし》めから自由になったミレイアは、彼の導きのもと、木を伝って別の部屋に降り立ち、慎重に廊下の様子をうかがった。

廊下の見張りがひとりだけだと把握《はあく》すると、今度は騎士をおびき寄せることにした。少年に窓の外に出てもらい、窓の下に身を隠しながら枝で窓をたたかせたのだ。

音に誘われて騎士が入ってくると、内開きの扉の裏に隠れていたミレイアが、首の後ろを思い切り殴りつけ、いまにいたる。

まさかここまでうまくいくとは思っていなかった。それだけスハイツの教えが適切だったということだろう。

ミレイアは先ほどまで自分が閉じ込められていた部屋に戻り、ほどいた縄を持ってくると、赤髪の少年とともに騎士を縛った。暴れて音を立てられても困るので、背中側にまわした両腕の手首と、膝を曲げておしりの辺りまで持ってきた足首をひとつにまとめてくくりつけた。

この格好で縄を巻きつけるだけでも苦労したので、簡単に外されては困ると、最後に片結びをする際、少年と一緒にロープの端を持ち合い、ふたり同時に思い切り引っ張った。これでちょっとやそっとじゃ外れないはずだ。

「よし、じゃあ殿下を助けに行きましょう。騎士の休憩室って、わかるかしら?」

「ベッドが置いてある部屋だよな。階段を降りてすぐの部屋だと思う」

赤髪の少年が即答する。なんと頼もしいことか、とミレイアは感心した。

「階段を降りてすぐなら、騎士の目を盗んで入ることができるかしら……でも、王太子がこもる部屋なのだから、扉の前に護衛が立っていてもおかしくないわよね……」

どうやって護衛をやり過ごそうか、と考えていると、少年がミレイアの服の袖《そで》をつかんで引っ張った。

「お姉さん、だったら外から侵入すればいいよ。休憩室は、屋敷の裏側にあったはずだから」

素晴らしい情報にミレイアが目を輝かせると、赤髪の少年はしてやったりとばかりに笑った。

「ね？　俺を連れてきて正解だったでしょう」

木を伝って地面に降り立ったミレイアは、無事降りられたことに胸を撫《な》で下ろす暇もなく移動する。もう完全に日が落ちてしまい、月明かりで景色がわずかに浮かび上がるだけだ。

寒さはよりいっそう強さを増し、冷たい空気が頰《ほお》にぴりぴりとした痛みを起こさせる。鼻から出る息さえも白く染まり、なんだか息苦しく感じた。

一階で灯りがついているのは、二カ所だけだった。そのうちひとつは屋敷に侵入したときに使った、台所の窓だった。となるともうひとつは、王太子とイグナシオがこもる騎士の休憩室だろう。隣の少年へ視線を送れば、彼はその通りだと首を縦に振った。

窓から見えないよう、身をかがめて駆けた。休憩室の窓の下にたどり着くと、壁にぴったりと耳をつけて、なにか物音がしないだろうかと耳を澄ます。

とくにこれといった音が聞こえなかったため、中をのぞいてみることにした。窓枠《まどわく》に両手の指をかけ、ゆっくり慎重に頭を持ち上げる。

騎士の休憩室は、貴族や王族が使用することを想定していないため、ひとり用の粗末なベッドと簡素な木の椅子《いす》と机が置いてあるだけの、狭い部屋だった。

ひとり分の食事を置いたらいっぱいになりそうな木製の小さな机の上に、ランタンが置いてあった。その中に灯る小さな炎が部屋を橙《だいだい》色に染め、ベッドの上をうっすらと照らしている。

心許《こころもと》ない灯りに照らされた光景を見て、ミレイアは思わず窓を開けて中へ突入し、言った。

「なにをやっているんですか、殿下!?」

廊下にいるかもしれない騎士に気づかれぬよう、小さな声で怒鳴るという器用なことをやってのけたミレイアに対し、イグナシオは首を傾《かし》げながら答えた。

「バカを踏みつぶしています」

縄でふん縛《じば》った王太子を、おしりの下に敷き込みながら。

「え、ちょ、ちょっと待って。なにこれ。どういう状況!?」

予想だにしなかった状況に、ミレイアが頭を抱えて取り乱しはじめた。それを、イグナシオは口元に人差し指を立てて注意する。

「器用に声量は抑えているみたいですが、あんまり騒ぐと廊下を守る騎士に見つかりますので、そろそろ落ち着いてください」

　これが落ち着いてられますか！　と叫びたいのをぐっとこらえ、ミレイアは深呼吸を繰り返した。しかし、その様子を見ていたイグナシオの「まぁ多少物音を立てたところで、扉の向こうの騎士は楽しんでいるな、くらいにしか思わないんでしょうけど」という言葉で、王太子を蹴《け》り飛ばしたい衝動を必死に抑えねばならなくなった。

　ミレイアに続いて部屋に入ってきた赤髪の少年は、優雅に足を組むイグナシオと彼の椅子となった王太子を見るなり、問いかけた。

「え、そういう趣味なの？」

「残念ながら、私にそういう趣味はない。まぁ、こっちはどうか知らないがな」

顎《あご》を持ち上げたイグナシオに斜めに見下ろされる王太子は、下穿《したば》き一枚で縄で手足を拘束《こうそく》された上、丸くうずくまるような形でうつぶせに倒れている。意識の有無は顔がベッドに埋まっているので確認できないが、猿ぐつわをはめてあるので騒ぐ心配はない。

　やっと心が落ち着いてきたミレイアは、まず一番に確認したいことを口にした。

「王太子をこんな風にしたのは誰ですか？」

　ミレイアへと顔を向けたイグナシオは、わからないとばかりに眉《まゆ》をさげた。

「不思議なことを聞きますね。僕以外に、誰がいるの？」

「いやいやいや、だって、この間の手合わせで王太子に負けていたじゃないですか」

「あんなもの、わざと負けたに決まっているでしょう」

「どうしてそんなことをするんですか」

「それはもちろん、相手の油断を誘うためです」

他に理由があるのか、と暗に問い返され、ミレイアは言葉に窮《きゅう》した。

確かに、見た目通りひ弱なイグナシオに気をよくした王太子が、コロコロと彼の手に転がされていろいろと協力してくれたけれども。

「でも、だったら、私にもちゃんと教えておいてくださいよ！　どれだけ、どれだけ心配したか……」

糾弾《きゅうだん》する声は徐々に弱まり、最後は震えて途切れた。視界がにじみ出して、こちらを見つめるイグナシオがどんな表情をしているかわからない。

気が抜けたせいか、膝から力が抜けた。膝を抱えるようにうずくまり、情けない顔を隠す。

突然泣き出してしまったミレイアに、イグナシオはさぞ戸惑っていることだろう。そわそわと動く気配を察知して、いい気味だ、と密かに思った——そのとき。

「泣かないでください、ミレイアさん。いつも強気なあなたが泣いている姿を見ると……………もっといじめたくなります」

低く艶《つや》のある声を耳にした瞬間、ミレイアは涙をぬぐって立ちあがった。泣いていたのが嘘のように、すました顔をしていた。

それを、イグナシオが残念そうに見上げる。

「ずいぶんと変わり身が早くありませんか」

「自分の身がかわいいので」

「……まぁ、いいでしょう。そういうたくましいところも気に入っておりますので」

不穏な言葉が聞こえた気がしたが、藪《やぶ》をつついて蛇を出したくないので追及しなかった。

むしろ、極限の状況からの思わぬ脱却によって混乱していた頭がすっきりした。さらなる身の危険を前に、混乱などしていられないと開き直ったともいえる。

冷静になったところで、現状の確認だ。

「殿下は、とてもお強いのですか？」

あまりじろじろ見たいものでもないが、尻に敷き込んでいる王太子は筋骨隆々とした身体《からだ》つきに見えた。少年と青年の過渡期《かとき》にある、成長期特有の手足の細さを持つイグナシオでは、力でねじ伏せられそうだ。

しかし、事実いま、イグナシオは王太子を縄で拘束して椅子にしている。傷ひとつなく、服も乱れていない。圧勝という言葉が脳裏《のうり》によぎった。

イグナシオは絵本に出てくるいたずら好きの悪魔のような、無邪気であくどい笑みを浮かべ、言った。

「将来的には叔父上《おじうえ》を越えたい、とは思っていますよ」

叔父上というのは、聖地を守る神官を担《にな》うベネディクト・ディ・アレサンドリのことだろうか。月の女神もかくやと言われる麗人《れいじん》で、中性的な美少年然としたイグナシオの未来予想図としてあながち外れていないような気もする。

が、ベネディクトがどれだけ強いのかまったくわからないので、イグナシオの現在の力量を測るなど無理だった。

困惑するミレイアを無視して、イグナシオは続ける。

「この見た目だから、あなたもだいたいの予想ができていると思うけれど、僕はね、幼い頃から様々な人間の欲望のはけ口にされたんです」

ノエリアから話を聞いていたことを、イグナシオは知らない。それ故にいまいち反応できないでいるミレイアへ、イグナシオは心配していると思ったのか「護衛のおかげですべて未然に防がれましたよ」と補足した。

「襲われやすい私のことを心配した兄が、自分のことのように必死に対策を考えてくれましてね。自分より強い相手にはそうそう手を出したりはしないだろうと、まずは強くなることにしたのです」

ほう、とミレイアはうなずく。

「幸い、才能はあったようで、私はみるみるうちに力をつけていきました。ですが、どれだけ私が強くなろうと、何度不埒者《ふらちもの》をたたきのめそうとも、わいてくるものは減りませんでした」

ほうほう、とうなずこうとして、ミレイアは視線をそらして考えた。いったいこれは、イグナシオがいくつの頃の話なのか。いくら剣術や体術を修めたところで、大人を相手にできるようになるのはある程度成長――たとえば十歳くらい――してからのはずだ。けれど、イグナシオの語り口ではもっと過去のことを語っているように見える。

「ちなみに、八歳の頃の話です。修行を始めたのは五歳ですね」

「大の大人を退ける八歳児……だと!?」

戦慄《おのの》くミレイアを無視して、イグナシオは続けた。

「自分ひとりの力で退けられるようになり、守る側の負担はぐっと減ったのですが――」

「え、待って。その言い方だと守る手間を省《はぶ》きたいがゆえに対策を考え始めたような……」

「まだまだ幼かったこともあり、ついついやり過ぎてしまい、今度はけが人が続出したのです。けが人の介抱を面倒くさがった兄は――」

「面倒くさいって言っちゃった！」

「いっそのこと、相手をひきつけてやまない純真さを極めてしまえば、襲われないのではないか、と考えたのです」

純真さを極めるとは、いったいどういうことなのか。まったく理解できない。

唖然《あぜん》とするミレイアを馬鹿にするでもなく、イグナシオは丁寧《ていねい》に説明し始めた。

「私はどうやら、そういう趣味趣向のある人間に非常に好まれる雰囲気《ふんいき》を持っているようなのです」

なんでも、双子《ふたご》のようにそっくりな顔をしていた幼少のエミディオには、そんな被害など一度もなかったという。

ミレイアはエミディオの醸《かも》し出す王者の風格を思い出す。見るものを押しつぶすような、圧倒的な存在感だった。

対してイグナシオは、中身は別として外見だけなら、ついつい手をさしのべたくなるような空気を纏《まと》っている。弱いとかではなく、消えてしまいそうなはかなさというか、危うさみたいなものが醸し出されているのだ。見る人が見れば、たまらない色気なのかもしれない。

「中途半端に魅了するから手を出そうとしてくる。ならば、自分が手を出すなんておこがましいと思うほど、強力な魅力でもって相手を支配すればいい。兄はそう考えたのです」

そうしてできあがったのが、天使のように清らかな第二王子だった。

なるほど確かに、なにも知らずに彼と対峙《たいじ》したとき、よこしまな心など浄化されそうなほど清らかな雰囲気を纏っていると思ったものだ。

だがしかし、彼の真っ黒な内面を知っている身としては、思う。他に手はなかったのかと。考えたところでいい策など浮かばない。ミレイアごときに思い浮かぶ策なら、とっくの前にエミディオが実行していただろう。それ以外に方法はなかった。わかっている。

けれども、他の方法を見つけられていたなら、穢《けが》れなき天使が下履《したば》き一枚の男性を椅子《いす》にする、などという光景を、目にすることなく済んだのではないかと思う。視界の暴力だ。

ミレイアは盛大なため息とともに額に手を添えてうつむいた。もちろん、見たくないものを視界から外すためだ。

「では、殿下は最初から、王太子に勝てるという確信を持って連れて行かれたのですか」

「もちろんです。あの手合わせのときから気づいていました。こいつ相手なら素手でも勝てる、と。約束したではありませんか。自分の身の安全を第一に考えると」

思わぬ言葉にミレイアは顔を上げる。いまだ王太子の上に優雅に腰掛けるイグナシオは、膝の上に肘をのせて頬杖《ほおづえ》をつき、柔らかく微笑《ほほえ》んだ。

「私があなたとの約束を忘れるはずがないでしょう」

「殿下……」

「まぁでも、助かると確信していましたが、自分の身を第一に考えたか、といわれると少し違うかもしれません。なぜミレイアさんの馬にあんな細工《さいく》をしたのか、どうしても気になったもので」

唐突《とうとつ》に、話が不穏な方向に走り始めた。しかし、口にするイグナシオの表情はこれまでにないほどきらきらと輝いている。

「優しく優しく問い詰めたところ、きちんと吐いてくださいましたよ。この男、ミレイアさんを森に置き去りにすることで、強気な心を折ってやりたかったそうです」

絶対優しく問い詰めてなどいないだろうとつっこむべきところなのかもしれない。が、それよりも気になることがある。

「私の心を、折る、ですか？」

そんなくだらないことのために、命の危機にさらされたのか。ふつふつと込み上がる怒りに顔をゆがませるミレイアへ、イグナシオは気遣わしげにうなずいた。

「本当に、腹が立ちますよね。ミレイアさんを泣かせようなどと、身の程知らずもいいところだ。あなたをいじめてもいいのは、私だけ。どんな状況でも前を向いて、合理的に物事を考えて生きるあなたを観察しつつ、時折——」

イグナシオの口を、ミレイアは両手でふさいだ。

時折なにをするつもりなのか。気になる——が、本能が告げる。これ以上聞いてはならない。きっとおそらく絶対ろくでもないことだ。その対象が自分である以上、いつかは身をもって知ることになるのだろうけれど、いまでなくたっていいじゃないか。

言葉を止められたイグナシオは怒るでもなく、ミレイアの手首をつかんだ。ぴりりとした痛みに顔をしかめると、彼は表情を曇らせてミレイアの手首を見た。

「血が出ています。あなたこそ、無理をしたようですね。傷が残ったらどうするのですか」

わずかに低くなった声には、心配する気持ちがこめられていた。ミレイアは素直に「申し訳ありません」と反省する。

「私に自分を大切にしろというのなら、あなたも自身を大切にしてください。私以外がつけた傷があなたに残るなどと……考えただけで虫ずが走る」

ぞっとするほど低く艶《つや》やかな声で告げ、イグナシオはミレイアの手首に唇を近づける。濡れたなにかが触れるのを感じて、慌てて両手を引き抜いた。

「な、ななな……」と、顔を真っ赤にするミレイアへ、イグナシオは「消毒です」と神々《こうごう》しく笑った。

「なあ、あんたたち。いちゃつくのは無事に逃げきってからにしてくれる？」

突然第三者の声が割り込み、ミレイアははじかれたように横を向く。

呆《あき》れた表情の赤髪の少年を再認識し、さっきのやり取りをすべて見られていたと気づいて、恥ずかしさのあまりその場にくずおれた。

頭を抱えて悶絶《もんぜつ》する彼女を放って、イグナシオは少年へ声をかける。

「君がミレイアさんを助けてくれたのか」

「お姉さんにも言ったけど、先に助けてもらったのは俺たちの方。俺は、恩を返しに来ただけだ」

気負いもなく言い切るのは、それが当然のことと信じて疑わないから。

まっすぐなまなざしを受け止めて、イグナシオは「ふふふっ」と笑みを深めた。

「貴族に恩を売って対価を得ようとも考えないとは……幼さゆえの無欲か、それとも本人の美徳なのか。面白い。お前、僕たちと一緒に来るか？　国を出たいと言っていただろう」

「いかない。だって、隠れ家にいる仲間を、俺が守らないといけないから」

「僕たちが国へ帰ってすべてを話せば、アレサンドリは食糧支援をやめるだろう。ここでの食糧調達はできなくなるぞ」

「だったら、他の方法を考えればいい。俺は、あいつらを守るためにこの国から出て行きたいんだ。俺ひとりがついて行ったって意味がない」

揺さぶりをかけたところで考えを曲げない少年に、イグナシオは「そうか」と答える。少し残念そうな、さっぱりとした笑顔だった。

「さて、と。そろそろ逃げるとしましょうか。さ、ミレイアさん。いつまでもうちひしがれていないで行きますよ」

促されて、ミレイアは渋々顔を上げる。あんな状況を見られて、どうしてイグナシオは平然としていられるのか。甚《はなは》だ疑問に思ったが、いち早く逃げなければいけないのも本当だ。素直に立ちあがった。

「わざわざ見つかるために廊下《ろうか》へ出る必要もないでしょう。窓から――」

「な、何者だ！」

廊下から騎士の声が聞こえ、三人は扉へ振り向く。てっきり自分たちが見つかったのかと警戒したが、扉は閉じたままでその向こうからばたばたと人が走る音が聞こえてきた。

状況がつかめずミレイアが身体《からだ》をこわばらせていると、走る音はみるみる近づいてきて、騎士のうめき声と重たいものが床に落ちる音が響いた。

わけがわからず立ち尽くすミレイアの真横から、イグナシオが飛びだして庇《かば》うように立った。と同時に、扉が大きく開け放たれ、飛び込んでくる相手を確認することもなく、イグナシオは相手の頭めがけて回し蹴《げ》りを繰り出した。

どん、という衝撃音とともに、イグナシオの足が相手の頭すれすれのところで受け止められる。

「あっ、ぶねー……。助けに来たっていうのに、回し蹴り食らわせるってどうなんですかね、殿下」

イグナシオの蹴りを受け止めた格好のまま、恨めしげに文句を言った人物を見て、ミレイアは目を輝かせた。

「スハイツ！」

「待たせて悪かったな、お嬢。助けに来たぜ」

イグナシオの足からやっと解放されたスハイツは、いつものようににかっと爽《さわ》やかに笑った。安堵《あんど》の笑みを見せるミレイアとは対照的に、イグナシオは怪訝《けげん》な目で彼をにらんだ。

「どうして君がここに？」

「どうしてって、お嬢たちが遠乗りに出た後、夕方くらいだったかな？　急にヴォワールの騎士が俺たちを拘束《こうそく》しようとしたんだ」

城に残っていた騎士とともに、スハイツたちは城から逃走した。そして騎士たちを船に向かわせ、自らは仲間とともにミレイアがいるであろう森へ向かった。

「その途中でヴォワールの騎士と交戦する殿下の護衛と従者たちを見つけてな。そいつらを助けて事情を聞いて、ここまでやってきたってわけ」

「なるほど。王太子が私たちを見失った時点で、国王は我々をアレサンドリに帰すという選択肢《し》を放棄したのか。まだましかと思っていたが、国王も息子に負けず劣らず愚かだな。となると、最初からミレイアさんを狙って、私を遠乗りに誘ったか。ふ、ふふふっ……」

口元に手を添え、うつむき加減に笑う。邪神も真っ青な邪悪さに、さすがのスハイツも顔色を悪くさせた。

「え、お嬢なにこれ」

「私に聞かないで」

暗く笑うイグナシオがなにを考えているのか、理解したくないし、しない方がおそらく精神衛生上よろしいことを本能で察知したミレイアは、頑《かたく》なに首を横に振った。

そんなやり取りをしている間にも、騎士を片付けたらしい部下たちが廊下から顔を出した。

「お嬢、無事なんですね！」

「よかった！　騎士はすべて片付けて、ついでにあいつらが乗ってきた馬も確保したんで、いつでも逃げられますよ！」

　無事を喜ぶ部下たちへミレイアが声をかけるより早く、自分の世界から帰ってきたイグナシオが「待ちなさい」と止めた。

「私の問いかけにきちんと答えられていませんよ。どうして、ただの商人であるあなたたちが訓練された騎士に勝てるのです。敵に見つからず身を潜めて情報収集する技量といい、ただ者ではありませんね」

　イグナシオがスハイツを鋭くにらんで追及する。ミレイアは間に入ろうとしたが、それをスハイツが押しとどめた。視線を合わせれば、彼は覚悟を決めた表情でうなずいた。

「俺たちは、二年前お嬢に拾われるまで、海賊《かいぞく》をやっていた」

「海賊？」と、イグナシオは眉《まゆ》をひそめた。くだらない冗談を、と一蹴《いっしゅう》するには、スハイツたちは命のやり取りに慣れすぎている。

「海賊がどうしてまた、ミレイアさんに従っているのですか？」

「二年前、俺たちはバートレイ商会の船を襲った。そこに、お嬢が乗っていたんだ。そして俺たちは返り討《う》ちにあった」

「ミレイアさんに？」と目を丸くするイグナシオへ、ミレイアは「違います」と否定した。

「スハイツたちを倒したのはコンラード様です。その日、たまたまアレサンドリへ帰国途中だったコンラード様を港で船に乗せたのです」

ツへ向けた。

コンラードと聞き、イグナシオはいろいろと察したのだろう。憐憫《れんびん》のこもった視線をスハイ
「それはそれは……災難でしたね」

襲いかかった方であるスハイツがなぜ同情されるのか。それは、コンラード・ルビーニという人物が、別次元の強さを誇る人間だからだ。

彼が戦う姿をミレイアも目撃したが、成人男性をちぎっては投げるなんて、正直いまでも信じられないでいる。

「捕まって、もはやこれまでかとあきらめていたんだが、お嬢がどうしてこんなことをしたのかと聞いてきたんだ」

「スハイツたちは武器を持って戦っていましたが、決して相手の命を奪うような戦い方はしていなかったんです。だから、もしかしてなにか事情があるのかと思いまして……」

コンラードにこてんぱんにやられてあらがう気力も尽きていたのだろう。スハイツはぽつりぽつりとだが説明した。

自分たちがヴォワールによって滅ぼされた小国の難民であること。住んでいた土地を追われ、流れついた先で仕方なく海賊をしていること。

「話を聞いた私は、提案したのです。彼らの家族も住む家もすべて用意するから、私の部下にならないか、と」

「最初聞いたときは女のくせになにを言っているんだ、と思ったんだけどさ。本人はいたって真剣だし、まわりも止めないし。なんだかだんだん、お嬢が心配になってきてな」

「それで部下になったと？」

「どうせこのまま捕まれば俺たちは処刑される。俺たちがいなくなれば、残してきた家族も生きていけない。だったら、少しでも可能性がある方を選ぶべきだろう」

「……なるほど。確かに、あなたの考えは上に立つものとして正しい」

「それはどうも」と、スハイツは肩をすくめた。

「だまされる覚悟でついていったわけだが、全部杞憂《きゆう》だった。お嬢はちゃんと約束を守って俺たちに家を与え、そして生きるための職を与えてくれた。商人っていう職をな」

「彼らは与えられた仕事を真面目《まじめ》にこなし、信用を勝ち取りました。そのおかげで、私は拠点長として頭目《とうもく》の庇護《ひご》下《か》から独立することができたんです」

　ふたりの表情を観察しながら説明を聞いていたイグナシオは、目を閉じてひとつ呼吸をすると、「わかりました」と納得した。

　ずいぶんとあっさりした反応に、むしろミレイアたちの方が戸惑う。

　イグナシオは斜めに見下ろして笑った。

「ふたりして仲良く間抜け面《づら》ですよ」

「だ、だって……あんな説明で、納得できたんですか？」

「納得はできませんよ。だって、僕ならそんな簡単に相手を信じたりできませんから。でも、あなた方が揺るぎない信頼関係で結ばれていることは、しばらく一緒に行動してわかっていますからね。経緯ではなく、結果を見て僕はあなた方を信用します」

イグナシオの柔軟な考え方に、ミレイアは感心するしかない。「ありがとうございます」と頭を下げた。

「では、そろそろ行きましょうか。もういい加減、バカばっかりの国から脱出したい」

イグナシオの辛辣《しんらつ》な言葉に苦笑をこぼして、ミレイアたちは屋敷を出た。

玄関をぬけると、部下が言っていたとおり数頭の馬が待ち構えていた。その中に、見覚えのある黒毛の馬が混じっていることに気づいた。

「スハイツ、あの、黒毛の子は？」

「あぁ、あいつか。俺たちをここまで案内してくれた馬なんだ。不思議だろう？」

黒毛の馬は、イグナシオを乗せていた馬だった。

ミレイアを乗せていた白馬を追う途中ではぐれてしまった彼の馬は、逃げるでもなく、イグナシオを救いに来た。

「お前は賢い子だな。ありがとう。助かったよ」

イグナシオが鼻筋を撫《な》でて礼を言うと、黒毛の馬は鼻を鳴らして頭をすり寄せた。まるで、無事でよかったと言っているみたいだった。

「少し数は足りないが、ふたりずつ乗れば間に合う」

スハイツの指示通り、部下たちが次々馬にまたがる。

「ミレイアさんは、私とともに来てください」

黒毛の馬にまたがったイグナシオが、ミレイアの手を引いて前に座らせた。軽く足踏みをする馬の手綱《たづな》を引き、屋敷の玄関へと向き直らせる。

屋敷の玄関に、赤髪の少年がひとり残っていた。

彼にこの森から離れるつもりがないことは、イグナシオとの会話を聞いていたから知っている。

「ねぇ、あなたの名前を教えてくれる？」

一緒においでとは言えないから、せめてと、問いかけた。

少年はわずかに目を見張って、答える。

「ドニス！」

「そう、ドニス。私はミレイアよ。商人をしているの。世界中を飛び回っているから、いつかどこかの国で再会できる日を、楽しみにしているわ」

「僕はイグナシオだ。もしもお前が自分の力で僕の前まで現れたら、そのときは僕が直々に使ってあげよう。だから、死ぬなよ」

厳しい国で生きていくには、真っ当ではいられないだろう。きっと、人の道に反することもしなくてはならない。

それでも、恩を返すために自ら危険に飛び込む強さは、大切な仲間を守りたいからとこの地に残る優しさは、失わないでほしい。

「さようなら、ドニス」

「うん。ふたりとも、気をつけて」

仲間の馬が走り出す。スハイツに促され、イグナシオも馬の腹を蹴《け》って駆けだした。

「アレサンドリは、やっぱり優しい国だったよ！　俺たちのことを考えてくれて、ありがとうな！」

背後からかけられた声に振り向けば、ドニスは自分たちに背を向けて森へと走り出していた。

赤い髪が木々の影に吸い込まれていくのを見届けることなく、ミレイアも前を向く。

貴重な食糧源を失うというのに、それでも彼は、優しいと言ってくれたから。

ミレイアはミレイアのするべきことをしよう。

さっき咄嗟《とっさ》に隠してしまった紙に、服の上から触れながら、心に決めて、前だけを見つめた。


船が待つ港へ向かう道すがら。やはりというべきか、ヴォワールの騎士が立ちはだかった。

しかし、そのたびに先頭を走る部下たちが騎士の横をすり抜けてなぎ倒していくため、足止めを食らうこともなかった。

無事、船に乗ってしまえばこっちのものである。今回乗ってきた船はスハイツが海賊《かいぞく》時代に乗っていたもので、機動力は群を抜いている。追いかけてくるヴォワールの船を置き去りにして、瞬く間に追っ手をまいた。

一時はどうなることかと思ったが、ヴォワールへ赴《おもむ》いた全員が船に乗り込んでいる。置いてきたものといえば、往路で乗っていた馬車ぐらいだった。

ヴォワールはスハイツたちを捕らえると決めた時点で船の破壊も試みたようだが、それは待機していた騎士たちが未然に防いでいた。ヴォワールとの交渉はスハイツたちに任せてほとんどの騎士を船に留め置いたのがいい方向に作用したようだ。

綱渡《つなわた》りのような状況ではあったものの、誰ひとりかけることなく、ミレイアたちはアレサンドリ神国へ帰ったのだった。


バートレイ商会が所有する船ということもあり、ミレイアたちはアスコート領内の港に船を停めた。

地面に降り立つなり、深呼吸をする。潮の香りに混じる肥料《ひりょう》の匂《にお》いを感じ、帰ってきたなと実感した。

空は青から金に色を変えている。日が沈むのも時間の問題だった。

「今日はこの近くの宿をとって、明日、王都へたちましょう。申し訳ありませんが、アスコート子爵へのご挨拶《あいさつ》はまたの機会にさせていただきます。ミレイアさんも、ご両親の顔を見たいでしょうが、いまだけは我慢してください」

イグナシオの指示に、ミレイアは黙ってうなずいた。

騎馬に自信がある騎士に王城への伝令を頼み、一行は港町に唯一存在する宿に泊まることになった。貴族が観光で訪れるような町ではないため、王族にふさわしい豪奢《ごうしゃ》で広い部屋はない。別の街への移動を騎士は提案したが、イグナシオは構わないと言って大店《おおだな》の商人が使うちょっと豪華な部屋を使うことになった。

今日の寝床が決まったところで、夕食を戴《いただ》こうという話になった。イグナシオは王族のため、へたに宿や街の食堂に出ると、周りが大騒ぎになってしまう。部屋に食事を持ってきて食べることになり、ミレイアも一緒にどうかと誘われたが、遠慮《えんりょ》した。

「すみません。ちょっと、仕事関係で片付けたい用件がありまして。暗くなる前にぱっと行って戻ってきますね」

ここからミレイアの拠点であるアルモデの街は近い。馬に乗れば暗くなる前に戻ってこられるだろう。

話を聞いた騎士は、帰る頃には暗くなっているのではと心配したが、のらりくらりとかわしてミレイアはひとり宿屋を出た。

バートレイ商会が所有する馬を一頭借りてきて、走り出す。向かう先はアルモデの街ではない。ここからほど近い、ブラニク家の屋敷――元婚約者ホルディのもとだった。


完全に日が落ちた頃、なんの前触れもなく屋敷に現れたミレイアに、出迎えた執事とロサは驚き戸惑っていた。

「ブラニク伯爵に会わせてほしいの。ご在宅かしら」

「ホルディに？　いったい、どんなご用で？」

「……ごめんなさい。わけは言えないの。でも、いましか会う時間がないのよ」

明日になれば、ミレイアは王都へ向かわなければならない。そうなってしまえばもうすべてが手遅れになる。

「お願い。どうしても、彼とふたりで話をしたいの」

ロサの赤い瞳を見つめて嘆願《たんがん》すれば、彼女はつり上がった目を見開いた。

しばし沈黙していたが、ミレイアのただならぬ空気を察したのか、表情を引き締める。

「わかりました。あなたは人としても、貴族としても信用できる方です。そのあなたが、無礼を承知で突然訪ねてきた。つまり、それだけのことがあったということでしょう」

　そんな風に評価していたなんて。驚くミレイアへうなずいて、ロサは脇に控える執事へと顔を向ける。

「ミレイア様を夫のもとへ案内してあげて。夫が望まない限り、給仕をする必要はないわ」

　ロサの指示を受けた執事は、軽く頭を下げて了承の意を示し、ミレイアを案内した。

　ホルディがいたのは、彼の執務室だった。もう夕食の時間だというのに、彼は執務机の書類とにらめっこしていた。

　執事に促されて顔を上げた彼は、ぽかんと口を開けて呆《ほう》けた。

「……ど、どうしたんだい、ミレイア。こんな時間に突然くるなんて、君らしくない」

　自分らしいらしくないを語れるほど、ミレイアとホルディは親密ではない。だが、ミレイアが貴族令嬢らしく前触れなどをしてから、他人様《ひとさま》の家を訪ねることは知っている。そして、商人として働くようになってからは、人と会う際には事前に約束をするようになったこと、さらに、婚約解消する頃には毎日の予定が事細かに決まるほど忙しくしていたことも知っている。

　そんなミレイアが、突然屋敷を訪れた。よほどのことがあったのだと察したホルディは、お茶の準備をしようとする執事を止め、人払いをした。

「ちょっと確認したいことがあってね。すぐにすむから、あなたはそのまま座っていて」

　執務椅子《いす》から立ちあがろうとするホルディを押しとどめ、ミレイアは机を挟んだ向かいに立

つ。

「私ね、実はついさっきまでヴォワールにいたのよ。そこで、こんなものを見つけたの」

ミレイアは一枚の紙を広げ、ホルディにも見やすいよう、目線の高さで掲《かか》げてみせる。

その紙は、森の屋敷で見つけたものだった。内容は、とある契約について。

「ここに書いてあるのは、武器売買についての取り決め。つまりは契約書よ。買い手はヴォワール。そして、売り主はあなた。ホルディ・ブラニクと署名がしてあるわ」

ホルディは目を見開き、書類をつかもうと手を伸ばした。それを、ミレイアが一歩下がることでよける。

「ごめんなさいね。これは大切な証拠だから、あなたに渡すことはできないのよ」

「大切な証拠……つまり、それを王家に渡すの？」

「そうね」と答えると、彼は乗り出していた上半身を戻し、テーブルの引き出しを探り出した。

「王家には、もう報告はしたのかい？」

「いいえ。まだ言っていない。その前に、あなたに直接確認したかったの。ねぇ、ホルディ。この契約書は本当のことなの？　あなたが、ヴォワールに武器を売っていたの？」

確かな証拠を手にしておきながら、ミレイアは問いただす。違うと、はめられたと否定してほしくて。

「そうだよ。僕がヴォワールに武器を売った。だって、アレサンドリでは売れないんだもの」

しかし、ホルディが口にしたのは肯定で。しかも、罪の意識など微塵《みじん》も感じられない理由を述べた。

アレサンドリで売れないから、ヴォワールに売った、なんて。その結果、自国に不利益を被《こうむ》るかもしれないというのに。

そもそも、交易に限らず他国とやり取りをする際には王家に伺《うかが》いを立てなければならない。勝手に交流を持てば、それはすなわち密通を結んだと見なされるからだ。

武器ならなおさら、王家の管理のもと、取引が行われるべきだというのに。

「どうして……どうしてそんな！」

「だから言っているじゃないか。武器が売れないからだよ。武器が売れないと、お金が手に入らないじゃないか」

当然のことだろうという態度のホルディに、ミレイアはめまいを覚える。

いま、自分が話しているのは誰だろう。ホルディとは、こんな人間だったのか。

「お金が足りないというのなら、どうしてロサにあれほどの浪費をさせたの!?」

おかしいと思っていたのだ。アスコート家への賠償《ばいしょう》がいまだ続いている状況で、浪費をくりかえすロサ。彼女がなぜそんな行動に出たのかは以前話してなんとなく理解できたけれど、ホルディがなぜ浪費を許したのかはいまだに疑問だった。

ミレイアの疑問に、ホルディは答える。

「だって、贅沢《ぜいたく》ができなければ、ロサが僕のもとから去ってしまうだろう」

やはり、当然のことだと言わんばかりの顔で。

「な、にを……言っているの？　贅沢が、できなければ、ロサが去る……ですって？」

「ロサはとても魅力的な女性だ。僕意外にも、彼女に想いを寄せる男たちはたくさんいた。その中で、僕が他の男に勝てるもの。それは、地位と金以外になにがあるというの？」

頭がくらくらする。意味がわからない。

まわりに後ろ指さされようと、悪いことだと知っていても、それでもホルディを愛しているから結婚した。そうロサは言い切った。

そんな彼女が、贅沢ができないというだけで去ってしまうだなんて。

本気で思っているのか。

ミレイアがこれ以上言葉を紡《つむ》げずにいると、ホルディは引き出しに片手を差しこんだまま立ちあがった。

「でも、今日来てくれてよかったよ。まだ王家に話していないのなら、いまからでも間に合うよね」

彼がなにを言っているのか、ミレイアはいやでも理解した。

引き出しから抜きだした手に、ナイフを握りしめていたから。

まさかこんな短慮《たんりょ》な行動に出るとは思わなかったミレイアは、ここから逃げなければと扉へ向かおうとした――ところで、後ろへ出した足を引っかけて転んだ。とっさについた手をひねってしまったらしく、手首が痛くて腕を突っ張れない。

起き上がることもできずもがくミレイアへ向け、ナイフを振りかぶったホルディが駆けよる。照明の灯りを反射して橙《だいだい》に光る刃が近づいてくるのを見て、思わず目を閉じた。

「ミレイアさん！」

背後で声が聞こえる。と同時に、風がミレイアを通過して、なにかをたたく音と、少し遠くで金属が跳ねる音がした。

「ぐあぁっ！」

ホルディの悲鳴を聞き、ミレイアは目を開ける。

自分をかばうように立つ、イグナシオの背中があった。

彼の向こうにはホルディがうずくまっており、ナイフを握っていた手を抱えて苦しんでいた。ナイフが執務机の左隣くらいまで跳んでいっているのを見て、イグナシオがナイフを持つ手を蹴《け》り飛ばしたのだろうと予測する。

「イグナシオ様……！」

どうしてここに――と問いかける前に、新たな気配が背後からミレイアの横を通り過ぎていった。

コツコツとヒールの音を響かせてホルディのそばに立ったのは、ロサ。気配に気づいて身を起こしたホルディを無表情に見下ろし、右手を振り上げた。

乾いた、それでいて重い音が響く。

ホルディの頬《ほお》を、ロサがひっぱたいたのだ。

目を見開き、信じられないという表情で見上げる夫を、歯を食いしばり、怒りに燃える赤い目でロサはにらみつける。

彼女の憤怒《ふんぬ》の表情ですべてを知られてしまったと悟ったのだろう。肩を落としてうなだれる、その後頭部に、ロサはたたきつけるように怒鳴った。

「ふざけたことを言わないで！　私が金のために結婚したですって？　そんなはずがないでしょう。私をバカにするのもいい加減にしなさい！」

投げつけられた言葉の意味を理解するなり、ホルディは顔をあげる。ロサは赤い瞳に涙の膜《まく》をため、怒りや悲しみがない交ぜになった複雑な顔でにらんでいた。

「私は、あなたを愛しているから結婚したのよ！　あなたに婚約者がいたことも知っていた。身分違いだと言うこともわかってる。貴族会に私の味方なんていないこともきちんと理解していたわ。それでも……あなたを愛しているから結婚したのよ！　お金のためなんかじゃない！」

ホルディは目を極限まで見開き、息を乱す。膝をついたロサは、そんな彼にすがりついた。

「信じてよ……ねぇ、信じて！　私はあなたのそばからいなくならないわ。どんなことになっても、貴族でなくなっても、私はずっと一緒にいる。贅沢なんていらないのよ。ただ、あなたがいてくれればいい！」

ホルディの胸に顔を寄せて、ロサは泣き崩れた。そんな彼女を、ホルディはおそるおそるといった様子で腕を回し、次第に抱きしめる力をこめる。

「そ、んな……そんな、だって、僕はいままで、なんのために……」

震える声でつぶやいて、ホルディはロサを力いっぱい抱きしめた。

「ごめ、ごめんね、ロサ。君を信じ切れなかった。愚かな僕でごめん！」

ホルディはぼろぼろと大粒の涙を流しながら、懺悔《ざんげ》する。涙をぬぐうことなく、ただただごめんと繰り返しながら妻を抱きしめる姿は、長い悪夢からようやく目覚め、本来の彼が表に現れた、そんな風に見えた。

落ち着きを取り戻したホルディは、逃げることも抵抗することもなく、自らの罪をイグナシオに告白した。

密売で手に入れた資金は、そのほとんどをロサの生活資金に充《あ》てていた。

宝飾品やドレスを買い与え、食事は常に最高級の食材を使った上等なものを。

それは田舎《いなか》貴族には考えられない贅沢だった。そんな豪勢な生活を送っていれば、一年と経たずに財政は破綻《はたん》するだろう。

生粋《きっすい》の田舎貴族であるミレイアにはわかることが、ただの一般人だったロサにはわからなかった。当然だ。彼女はいままでと違う世界に飛び込んできたのだから。そして最悪なことに、彼女に貴族の常識を教える者もおらず、また使用人たちもホルディの命によってなにも口出し出来なかった。

だからロサはひとり頑張った。いままでと違うきらびやかな生活にふさわしい人間になろうと、服や宝飾品で着飾り始めた。そしてその金を工面《くめん》するために、ホルディはさらなる密売に手を染める。

まさに負の連鎖。

どちらか一方が弱音を言えば。これで正しいのかと一言問えば、止められたかもしれない事。

だが、罪は罪だ。

「ブラニク伯爵への沙汰《さた》は、神国王へ報告してから追って知らせる。それまで、屋敷で軟禁《なんきん》とする」

イグナシオの決定に、ホルディとロサは手をつないだまま頭を下げた。

軟禁するふたりの監視のため、数人の騎士を残し、ミレイアはイグナシオとともに屋敷を後にした。

宿屋に着くなり、イグナシオの部屋へ連行される。港町の宿屋は、たとえ最上級の部屋といえども、寝室が別になっていない。部屋の中央に鎮座《ちんざ》するベッドの足下、部屋の壁際に設置してあるひとり掛けソファにテーブルを挟んで座る。

目の前から発せられる圧迫感から、ミレイアはイグナシオが怒っていることを察した。勝手な行動をとった自覚があるだけに、うつむいて膝の上にそろえた両手をもじもじと動かした。

「……ミレイアさん。私が怒っているのはわかりますね」

「はい」

「どうしてだと思いますか？」

「えと、武器密売の証拠をつかんでおきながら報告せず、相手をかばうような行動をとったからです」

たとえミレイアにかばうつもりはなかったとして、行動だけを見ればそう捉えられても仕方がない。

反省の意を示すためにも、素直に己がおかした罪を述べると、イグナシオは盛大なため息をこぼした。ちらりと伺えば彼は額に手を添えて頭を振っている。

そこから感じられるのは怒りではなく、呆《あき》れ。

「残念です、ミレイアさん。あなたはなにひとつわかっていません」

もう一度ため息をこぼしてから、イグナシオは顔を上げた。ミレイアを見つめる目が据わっている。

「いいですか、ミレイアさん。私はあなたがホルディをかばうなどと、微塵《みじん》も思っておりません。まず第一に、あなたはホルディのことを異性として見ていましたか?」

「いえ、全然」

ミレイアは即答した。将来夫婦になり、支えなければならない相手とみていた時期もあるが、それも婚約解消時の「僕なんて必要ないでしょう」発言で木っ端微塵《こっぱみじん》になった。

「では、ホルディの行動をどう思いますか?」

「国内に需要《じゅよう》がないから国外にという考えは悪くないけれど、ヴォワールという選択肢《し》が間違っている。もっと他に、裏取引などせずとも安全に、かつ安定的に取引できる国があるだろうに、です」

「それでこそミレイアさんです。では、ホルディをかばった際のあなたのうまみは?」

「皆無ですね。危険を背負いこむだけでなんのうまみもありません。悪手《あくしゅ》です」

「よくおわかりですね。さすがです」と言って、イグナシオは拍手した。

「まぁ、そのように冷静な判断を下せるミレイアさんですから、国の不利益になるようなことはなさらないと思っておりました。どうせ、自首を勧めようとしたのでしょう」

まさにおっしゃる通りで、ミレイアは苦笑いを浮かべた。

「ホルディのことはいいのです。彼が自分でやったことですから。でも、彼を純粋に愛しているロサのことを思うと……」

ミレイアは気づいていたのだ。ロサの浪費を許せるほどブラニク家に余裕がないことを。そして、ロサ自身も好きで贅沢をしていたわけではないと。

気づいていて、放っておいた。関係のないことだからといって。

「なるほど、ブラニク伯爵夫人のことを想っての行動だったのですね。それはよしとしましょう。私が腹を立てているのは、ひとりで行動したことです。言いましたよね。自分を大切にしてくださいと」

「いや、まさかホルディがあんな行動にでるなんて思ってもいなくて……」

「そうだとしても、一言、どうして相談してくれなかったのですか？　ひとり出かけていったあなたを私が気にかけ、後を追いかけなければ、いまごろ大変なことになっていたのですよ」

ミレイアは答えられなかった。そもそも、相談するという考えがなかったから。

イグナシオは口をへの字に曲げてむすっとした。

「私に相談しようなんて、微塵も思わなかったのですね。やはり、年下の私では頼りになりませんか」

突然話の方向性が変わり、ミレイアは面食らう。どうしてここで年齢の話になるのだろう。

ミレイアの静かな混乱を察したイグナシオは、しゅんと肩を落としてうつむき、顔をそらした。

「私がもっと頼りになる大人であれば……ミレイアさんがこんな危険な目に遭《あ》うこともなかったというのに。つくづく、未熟な自分が情けないです」

イグナシオは自らをかき抱くように両腕をまわした。伏せられた目には涙の粒が浮かび上がり、二の腕をつかむ手を握りしめて爪が食いこむ。

イグナシオが後悔に震える姿は、ミレイアの罪悪感を的確に突き刺した。

「で、殿下！　どうか顔を上げてください！　殿下のせいではありません。私が勝手に……」

「ですが、私はずっと近くにいたというのに、苦悩するあなたに気づけませんでした」

顔をそらしたまま、視線だけミレイアへ向ける。いまにも下瞼《したまぶた》からこぼれそうな涙の粒を見て、ミレイアは身を乗り出した。

「申し訳ありません、殿下！　次からは殿下にご相談します。決して勝手な行動などとりませんから！」

両手を握りしめ、嘘はないとばかりに宣言した。

イグナシオは顔を前へむき直し、「本当ですか？」と問いかける。

ミレイアはイグナシオの目をまっすぐに見つめて、大きくうなずいた。

「スハイツではなく、私に相談してくれますか？」

そこでなぜスハイツが出てくるのかわからないが、ミレイアはすぐさまうなずいた。

「今夜はこの部屋に泊まってくれますか？」

もちろんです――とうなずこうとして、ぎりぎりのところで思いとどまった。舌打ちが聞こえた気がした。

「殿下、いま、舌打ちしませんでしたか？」

「気のせいでしょう。どうして舌打ちなんてするのですか？」

それもそうだなと納得したミレイアは、空耳だったのだろうかと首を傾《かし》げる。

「で、ミレイアさん。この部屋に泊まっていただけるのですか？」

「と、泊まるわけないじゃないですか」

「どうしてですか？　ヴォワールでは一緒のベッドで眠ってくれたじゃありませんか」

「あれは……殿下がどうしてもというから仕方なく……。それに、あのときは寝室がふたつある部屋でしたから、私たちが同じベッドで寝ていたと外にはばれませんでしたし」

未婚の男女が床《とこ》を同じにしたなんて、まわりに知れれば大変なことになる。

ミレイアの当然の主張に、しかし、イグナシオは傷ついた顔をした。

「私はただ……不安なのです。一度ならず、二度もあなたを危険にさらしてしまった。今回なんて、あと少し駆けつけるのが遅ければ、どんな目に遭っていたか……」

彼の言うとおり、もしもイグナシオが駆けつけてくれなかったら、いまごろ自分は血の海に沈んでいたことだろう。

いまさらながら、どれだけ危機的状況だったのかを自覚して、ミレイアはぶるりと身を震わせた。と同時に、イグナシオの不安も仕方がないと思ってしまった。

強く否定できなくなったミレイアへ、イグナシオは上目遣いで言った。

「あなたが生きていると、実感させてください。決して、不埒《ふらち》な行いなどしないと誓いますから」

潤んで揺れるアメシストの瞳で懇願《こんがん》されて、断れる人間がいるのだろうか。いるのならどうか、その鋼《はがね》の意思をいまだけでいいから貸してほしい。などと、思わずどうでもいいことを考えてしまった。

夜が明けきらぬ青白い空の下、ミレイアとイグナシオは王城へ旅立った。途中、山を越えた先の宿場町で一泊し、翌日の昼過ぎにたどり着いた。

休む暇もなく、神国王に報告する段取りとなった。が、国を動かす上層部が勢揃《せいぞろ》いする場に、ミレイアを放り込んで意見を言わせるのは酷《こく》、ということになり、イグナシオひとりで報告することになった。

控えの間として用意された客室で、ミレイアはお茶をいただきながら待つ。ソファから立ち上がりこそしなかったものの、落ち着かなくてやたらとお茶を飲んでしまった。王城にふさわしい、さぞいい茶葉を使っているだろうに、香りも味もしない。

イグナシオは第二王子であるから、神国王をはじめとした国の重鎮《じゅうちん》を前にしたとしても、怖じ気《おけ》づくことはないだろう。その当たりは心配していない。

ただ、イグナシオの報告によって確実に決定される事項に、その大きさに、ミレイアは恐怖を感じているのだ。

ミレイアが手がける取引の規模ではない。国同士の取り決め。自分の報告ひとつで、数え切れないほどの命が左右される。

そんな重荷をひとり背負って、イグナシオはいま、報告している。

ミレイアをここに残すよう言い出したのは、イグナシオだった。場慣れしていないからと言っていたが、本当はきっと、重荷をひとりで背負おうとしていたのだ。

なんとなく気づいていたのに、ミレイアは従った。

自分よりみっつも年下の、十五歳の少年に、最後の最後で責任を押しつけた。

それでいいの？

ミレイアは立ちあがった。そして、廊下《ろうか》へ続く扉へと走り、思い切り開け放つ。

「うわっ、びっくりした……ミレイアさん、どうされたのですか？」

扉の向こうに、イグナシオが立っていた。ちょうどノブに手をかけようとしていたのか、中途半端に手を伸ばした格好だった。

「で、殿下……」

ミレイアは声をかけつつ、イグナシオが入室できるよう下がった。イグナシオはソファに腰掛けると、控えていた執事から受け取ったお茶を一気にあおった。

ほっと息を吐きながら、カップをソーサーに戻す。その背中が疲れて見えて、ミレイアは向かいのソファに座ることなく彼のそばに立った。

ミレイアへと視線を向けることなく、イグナシオは前を見据えたまま言った。

「ヴォワールへの食糧支援は打ち切ることとなった。ブラニク伯爵の行いに関しては、貴族位を剝奪《はくだつ》して財産の没収が決まった。もう、あのふたりは貴族ではない」

命があっただけましと思えばいいのか。だが、生粋《きっすい》の貴族であるホルディに、それ以外の生活ができるのか、不安ではある。

「……殿下、その、大丈夫ですか？」

なにが大丈夫なのか、うまく説明できない。それでも、イグナシオは理解したらしい。「そうだねぇ」とつぶやいて、こちらを振り返る。

「ほとんどを金に換金されていたとはいえ、食糧支援によって生きながらえていた者もいるだろう。そう思うと、胸が詰まるよ」

力なく、笑う。無理をして、とかではない。

笑うしかできないのだ。肩に掛かる責任のあまりの重さに。

イグナシオは心を落ち着かせるようにふっと息を吐いて、また前へ向き直った。その表情に、笑みはない。

「僕はね、ミレイアさん。将来兄上が戴冠《たいかん》したら、外交官になろうと思うんだよ」

「外交官、ですか？」

つまり、今回と同じ役目を背負っていくというのか。

目を丸くするミレイアを見ることもなく、イグナシオはふっと微笑《ほほえ》む。

「正直に言うと、いま、僕は自分の発言に対する責任の重さに押しつぶされそうなんだ。ドニスや仲間たちが死ぬかも知れない。わかっていて食糧支援の取りやめを進言した。国を守るために必要だったとわかっている。それでも、僕は彼らを見捨てたんだよ」

ソファの肘置きに乗せた両手を、きつく握りしめた。

「だから僕は、外交官になる。この罪の意識を忘れないように。一生をかけて、罪の上塗りをしていくんだ」

壮絶《そうぜつ》な決意を前に、ミレイアは呆然《ぼうぜん》とした。

ミレイアが背負わせてしまった重圧を、イグナシオはさらに背負い込むというのか。一度だけでも胸が張り裂けそうになったというのに、これから一生、何度も繰り返し責任を負い続けると。

ミレイアは、握りしめたままのイグナシオの手に、両手を重ねた。

「私もっ……一緒に、背負います！　殿下ひとりにすべてを押しつけたりなんてしません。私も一緒に、罪を背負います！」

影響力のない田舎《いなか》貴族であるミレイアにできることなど、たかが知れている。だが、アレサンドリの使者として、ミレイアも赴《おもむ》いたのだ。そして、食糧が金に換金されている事実を突き止め、支援は打ち切るべきと判断する材料をそろえた。

その事実から、目をそむけてはならない。

同じ罪を背負うイグナシオが茨《いばら》の道を進むというなら、ミレイアも一緒にその道を進もう。

イグナシオが振り向く。驚き戸惑う彼を安心させたくて微笑むと、イグナシオはぱっと表情を明るくさせてミレイアの両手をつかんだ。

「僕をずっと支えてくれるんですね。よかった。ミレイアさんも同じ気持ちだったなんてうれしいです」

「もちろんですよ、殿下。私たちはもう運命共同体みたいなものです。私には商《あきな》いの知識しかございませんが、これからも、この力を役に立たせてください」

「知識とか、そんなことはどうでもいいのです。ただ、ミレイアさんが私のそばにいる。それ以上に大切なことなどない」

ずいぶんと情熱的なことを言ってくれる。ミレイアはつい頰《ほお》を染めながら礼を言った。

「心が決まったところですし、私から渡したいものがあります」

「渡したいもの、ですか？」

唐突《とうとつ》な話に、ミレイアは首を傾げる。

そんな様子に頓着《とんちゃく》することなく、イグナシオは上着の胸元に手を突っ込み、小さな箱を取り出した。

陶器《とうき》でできた手のひらサイズの箱には、各面に花の絵が描いてあり、縁を金の飾り紐《ひも》が彩《いろど》っている。

いつの間にかソファから目の前に移動したイグナシオは、箱を開けた。真っ赤なクッションの中に、指輪がひとつはまっていた。

楕円形《だえんけい》の大きなイエローダイアモンドを、銀の土台が支えている。一見シンプルな作りだが、指を通す輪っかの部分に一連となったダイアがぐるりとはめ込んであった。

商人として数多くの宝飾品を取り扱ってきたが、ここまで見事な品は見たことがない。

よくよく見ると、中心の宝石を支える土台の側面に太陽をモチーフにしたと思われる彫りが施《ほどこ》してある。こんなに細かな細工《さいく》ができるだなんて。さすが、王族お抱えの職人だ。

思わず脳内で指輪の値段や職人と取引した場合の取引金額などを考えるミレイアを放って、イグナシオは指輪を箱から取り出した。

「この石は、ミレイアさんと初めて出会ったときに買ったものです。磨《みが》くとこんなに美しく輝いたのですよ。まるであなたのようですね」

それはつまり化粧《けしよう》詐欺《さぎ》のことをさしているのだろうか。つっこむかつっこむまいか悩んでいる間に、イグナシオは指輪をミレイアの指にはめた。

左手の、薬指に。

職人の情熱がこもった芸術品を間近に見ながら、これがあの日の原石か、と感慨《かんがい》深く思ったところで、はたと気づいた。

「え、殿下、どうしてこれを私に――」

「兄上！　無事、ミレイアさんに受け取っていただけました！」

ミレイアの疑問にかぶせるように、イグナシオが廊下に向かって声をかける。兄上と聞き、ミレイアが慌てて振り返れば、開いた扉の向こうにエミディオが立っていた。

ミレイアが慌てて淑女《しゅくじょ》の礼をしようとすると、彼は片手をあげてそれを制し、入室してくる。ふたりの横を通り過ぎて、廊下から見て奥に位置するソファに腰掛けた。

「久しぶりだな、ミレイア嬢。此度《こたび》のヴォワールでの活躍は、イグナシオや騎士の報告によって聞いている。危険な任務だったが、無事にやり遂《と》げてくれたこと、喜ばしく思う」

ヴォワールでの働きを労《ねぎら》われ、ミレイアは戸惑いながらも「ありがとうございます」と頭を下げた。

「では、今後のためにもこちらの書類に署名をしてくれるかな」

なにが「では」なのか。まったく話が繋《つな》がっていない状況に四苦八苦しながら、ミレイアはテーブルに置かれた書類に目を通す。みるみるうちに、驚愕《きょうがく》の表情を浮かべた。

「こ、これ、なんですか!?」

署名を必要とするのだから、契約文書なのだろう。それはわかる。だが、契約内容が理解できない。

なぜならこれは──

「僕とミレイアさんの婚姻証明書です」

笑顔で告げられた内容に、ミレイアは口を開けたまま唖然《あぜん》とした。

「ど、どどど、どうして……」

「ミレイアさんは先ほど、私と一緒に重荷を背負ってくれるとおっしゃいました。それはつまり、結婚の申し込みですよね」

確かにそんなことを言った。が、決してそういう意味で言ったのではない。同じ志《こころざし》を持つ同志、という意味合いだったのに。

きちんと伝えたいのに、驚きすぎて口がうまく回らない。

「でも、へ、へいかが……」

「父ですか？　あぁ、それなら心配いりませんよ。先ほど、ヴォワールについての報告を行った際、結婚の許可も戴《いただ》きました」

驚愕の事実に、息が止まりそうだ。胸を押さえてなんとか呼吸を繰り返す。

もしや、結婚の許可を勝手に得るために、ミレイアを置いていったのだろうか。そんなまさか。

ミレイアは一縷《いちる》の望みをかけてエミディオを見る。視線が合った彼は、仕方がないですねとばかりに嘆息《たんそく》した。

「イグナシオから聞きました。おふたりは、すでに床《とこ》をともにされているとか。騎士にも確認をとってあります。未婚の女性を部屋に連れ込み、さらにその様子を不特定多数に知られているのですから、それ相応の責任を負う必要があるでしょう。まぁ、ふたりはすでに婚約していますから、ほほえましいだけですけどね」

ミレイアは昨日の自分を殴《なぐ》りたくなった。こうなる可能性に気づいていたというのに、イグナシオのお願いを断れなかったばかりに、こんな事態に陥《おちい》っている。

「ちなみに、アスコート家は今回のブラニク家の爵位剝奪《はくだつ》に伴《ともな》い、彼の家の領地を治め、爵位も伯爵位に上がることになりました。あの辺りでは、一番の有力貴族ですよ」

イグナシオの補足説明を聞きながら、ミレイアは外堀が完全に埋められていることを悟る。いったいこれは、いつから仕組まれたことなのか。考えようとして、あることに気づいた。

「さ、最初の、契約」

そうだ。ヴォワールに同行するために婚約するしかないと言われて、ミレイアは婚約証明書の他に契約書を作った。

婚約期間はヴォワールから帰国するまで、という内容だった。

しかしイグナシオは平然と答えた。

「あの契約でしたら、違《たが》えてなどいませんよ。婚約期間はヴォワールから戻るまで。ですからヴォワールから戻ったいま、私たちは婚約期間を終えて夫婦となるのです」

ぐうの音《ね》も出ない、とは、まさにいまの状況のことをいうのだろう。

まさか、普段から様々な契約を結んできた自分が、みっつも年下の少年に手玉にとられるなんて。

衝撃のあまり倒れそうになるミレイアを、イグナシオはひょいと抱きあげる。そのままソファに腰掛け、ミレイアを膝の上で横抱きにした。

「さ、ミレイアさん。契約書に署名を」

にこにことご機嫌な顔で、イグナシオはミレイアの手にペンを握らせる。

浮かれきった彼の、いつも以上に幼い顔を見て、ミレイアは最後の悪あがきに出た。

「イグナシオ様は、私のことをどう思っていらっしゃるのですか？」

「それはもちろん、愛しておりますよ。ずっと一緒にいたいと思った人は、あなたが初めてです。ミレイアさん、私と結婚してください」

「後で返品したいと言っても不可ですよ。契約解除もできません。よろしいですか？」

「望むところです」

「仕事を辞めるつもりもありませんよ」

「その必要はありませんよ。むしろバートレイ商会の幹部という立場は、外交を行う上でいろいろと都合がいいですしね。言ったじゃないですか。あなたにふさわしい職を選ぶと。私はあなたを広い柵《さく》で囲いたい。囲まれているなんて気づかないくらい広い柵の中で、私にあなたを甘やかさせてください」

とろりと甘い顔で、少しぞっとするようなことを言う。でも、それも悪くないとミレイアは思った。

逡巡《しゅんじゅん》を終えて、イグナシオと目が合う。あれだけ情熱的なことを言っておきながら、彼は不安そうにこちらを窺《うかが》っていた。

絶対に、その懇願《こんがん》する顔にミレイアが弱いと知っていてやっている。

わかっていても、あらがうことができない。

だって、ミレイアはイグナシオに敵《かな》わないから。きっとこれから一生、彼に振り回されるのだろう。

それもいいと、楽しそうだと思ったから。

ミレイアは、契約書に署名したのだった。

第十四代アレサンドリ神王の弟、イグナシオ・ディ・アレサンドリとその妻ミレイアは、夫婦そろって有能な外交官だった。

第十四代アレサンドリ神王の時代は、隣国ヴォワールの度重《たびかさ》なる侵略と瓦解《がかい》、さらにルルディ国で起こった政変による周辺国の緊張など、平穏とは言いがたい時代であった。

その中で、アレサンドリ神国が大国として揺らぐことなく君臨し続けたのは、イグナシオとその妻ミレイアの外交努力の結果といえるだろう。また、ふたりは難民――とくに孤児の生活支援に力を注いだことでも有名である。

余談だが、ミレイアといえば無類のパン好きと知られており、生家であるアスコート領内にお気に入りのパン屋が存在し、仕事の合間を見てはその店に通っていたという。

おまけ ある日の夫婦の攻防

イグナシオと結婚してはや十数年。

婚約時に話していた通り、結婚してもミレイアは仕事を辞めなかった。それどころか、結婚当初はアルモデと王都で夫婦別々に暮らしていた。そのせいでイグナシオは周りからとやかく言われていたのだろうが、ミレイアの耳に届くことはなかった。

イグナシオが外交官として国外へ出るようになってからは、バートレイ商会の幹部として同行した。そのうち、ミレイアひとりでも外交官として諸外国へ赴《おもむ》くようになり、拠点長と外交官の両立は多忙を極めたが、イグナシオやスハイツをはじめとした様々な人の手助けのおかげで破綻《はたん》することなく続けられた。次第に仕事を誰かに任せるということを覚え、心に余裕が持てるようになったころ、ふたりの子宝に恵まれた。

仕事を辞めることなく結婚し、母親になる。絶対無理だと思っていたことが、現実のものとなった。いろんな人が手を差し伸べてくれたからこそ実現したことだとわかっているが、一番はイグナシオだろう。ミレイアに向けられた非難の数々を、彼はひとり矢面《やおもて》に立って受け止めてくれたのだから。

イグナシオと結婚してよかった。彼への感謝と愛情を日々募《つの》らせていると、ヴォワールとの国境を預かるベルトラン領視察から戻ってきたイグナシオが、ミレイアと顔を合わせるなり言った。

「ねぇ、ミレイア。僕、もうひとり子供が欲しいんだけど」

しばらくぶりに会った妻にただいまの挨拶《あいさつ》もせずに言うことか――というつっこみは胸の奥に押しやり、ミレイアは冷静に答える。

「どうしてそう思ったのか、教えてくれるかしら」

「三人目、欲しくないの？」

「欲しいとは思っているけれど、いますぐでなくてもいいでしょう。まだ下の子は二歳にもなっていません」

仕事との兼ね合いもあり、ひとり目とふたり目では五年ほど間が空いている。五年とは言わずとも、あと一年くらいは間をおいてもいいはずだ。

きちんとした説明を要求すると、イグナシオは観念して話し出した。

「ベルトラン領へ視察に行った際、夜会があったんだけど、ひとりで参加する僕を見て、好機だと勘違いした女どもが湧いてきてね。うっとうしかったんだよ」

予想通りの答えに、ミレイアは脱力した。結婚してから気づいたことだが、イグナシオは女性不信を抱えている。とくに、自分の容姿や地位に目がくらんで寄ってくる人間は男女かかわらず大嫌いだった。夜会での令嬢たちの態度はよほど腹に据えかねたのだろう。気持ちは分かるが、だからといって了承はできない。

「邪魔な存在を遠ざけるために子供を利用するなんてだめよ」

ミレイアがぴしゃりと言い放てば、口を尖らせたイグナシオが腹に抱きついた。

「利用するためじゃない。証明したいんだ。僕とミレイアが変わらず愛し合っていると、他人が入り込む余地なんてないのだと示したいんだ」

どうやら、夫婦仲が冷え切っていると思われたようだ。それは確かに腹立たしい。けれども、自分たちの立場を考えると、周りへの影響も考慮《こうりよ》しなくてはならないだろう。

「妊娠《にんしん》すれば、外交官としての仕事ができなくなるわ」

「君が動けない分は僕が引き受けるよ！　君は拠点長の仕事に集中すればいい。そっちは僕には代われないから」

うまい切り返しに、ミレイアはむっとした顔で押し黙った。自分の仕事を夫とはいえ誰かが簡単に成り代われると言われると少々腹立たしく感じるものだ。すかさず拠点長の仕事は無理だと付け加えるあたり、さすがイグナシオというべきだろう。ちなみに、拠点長の仕事はスハイツに任せればなんとかなる。

「君の仕事を引き継げば多忙を極めることは分かっているんだ。でも、君が城で待ってくれていると思えば、どれだけ忙しくても乗り切ることができる」

「……城ではなく、アルモデにいるかもしれないわよ」

我ながら、なんとかわいくない言い草だろうとミレイアは思った。だが、イグナシオは不愉快に思うこともなくしがみつく腕に力を込めて腹に頰《ほお》を寄せた。

「だったら僕もアルモデへ帰るよ。僕の帰る場所は君と子供たちがいるところだから」

熱烈な言葉に、ミレイアの頰が熱くなる。婚約時代から、イグナシオは欲しい言葉を惜しむことなく伝えてくる。おかげで、不安を感じる隙《すき》すらなかった。

反論する余地がなくなり言葉に詰まるミレイアへ、しがみついたまま顔を上げたイグナシオが、最後のダメ押しをする。

「ミレイアは、僕との子供を望まないの？」

弱々しく眉尻《まゆじり》を下げ、潤んだ瞳で見上げながら言われて、否《いな》と答えられるはずがない。分かっていてやっているなと思いながら、ミレイアは観念したのだった。

王弟イグナシオが三人目を授かったという報せが国中を駆け巡るまで、あと数か月。

あとがき

こんにちは、秋杜《あきと》フユでございます。このたびは『商人《あきんど》令嬢と猫かぶり王子　結婚？　興味ありません』を手に取ってくださり、ありがとうございます。

シリーズ九作目は前作『変装令嬢と家出騎士』に出てきましたイグナシオの物語です！　第一作『ひきこもり姫と腹黒王子』の腹黒王子ことエミディオの弟ですね。ちなみに、『ひきこもり姫と腹黒王子』では兄夫婦の馴《な》れ初《そ》めが、そして『変装令嬢と家出騎士』ではイグナシオ付きの小姓《こしょう》フェリクス君が大人になった話です。興味がございましたら、そちらもぜひよろしくお願いします。

もういい加減相関図がわけわかんないよ、というお方！　ご安心ください！　コバルト文庫公式ホームページに『ひきこもり』シリーズの特集ページがございます。そこに歴代キャラクターの相関図が確認でき、さらにスピンオフ短編が読めるようになっております。まだ見たことがないというお方は、この機会にどうぞご覧くださいませ。

また、今回は光栄なことに二カ月連続刊行となっております。一作目はひと月前に発売になりました『うちの殿下は見事な脆弱さと驚きのどんくささを持つ素晴らしい女性《ひと》です　最弱王女の奮闘』という新作です。人と似て非なる絶対強者『亜種』の末裔《まつえい》が暮らす国の王女様が、その脆弱さゆえに国民から愛《め》でられる私Ｙｏｅｅｅ!小説です。ひたすらコメディです。もし本作を読んで秋杜フユの作品に興味を持って下さいましたら、コバルト文庫公式ホームページでたっぷり試し読みができます。ぜひご覧になってみてください。よろしくお願いします。

さてさて、前置きが長くなってしまいましたが、イグナシオの話に戻りたいと思います。

イグナシオを主役に、というのは前作の時点で決めておりました。エミディオの弟を見てみたい、というお手紙を何度かいただいていたので、虎視眈々《こしたんたん》と機会を狙っていたのです。

元祖腹黒王子のエミディオの弟が、真っ白けなはずがないよな、と考え、むしろお兄ちゃんよりもずっと若い年齢で賢くて自立心旺盛《おうせい》な女性をひっかけてちゃっかり結婚していそう。という結論に至り、シリーズ初の姉《あね》さん女房が生まれました。お相手のミレイアは自立心旺盛どころかすでにしっかり自立歩行してます。イグナシオと出会わずひとり身だったとしてもそれはそれで楽しく人生を歩んでいたことでしょう。またはスハイツにかっさらわれているか。

イグナシオはむしろそういう、自分に依存していないミレイアが好きなんだろうなと思っております。だからといって放置かというとそうでもなく、自分が管理できる範囲でミレイアを自由にさせているだけです。相手を把握《はあく》しておきたいところは、エミディオと一緒なのでやっぱり兄弟だなぁと思ってしまいました。

担当様、二カ月連続刊行は本当に『祭り』でしたね。お疲れ様でした。怒濤《どとう》の締め切りラッシュを乗り越えられたのもこまめに進捗《しんちょく》状況などを確認し、励《はげ》ましの言葉をくださる担当様のおかげです。これからもよろしくお願いします。

イラストを担当してくださいましたサカノ景子《けいこ》様。様々な要因でスケジュールが前後する中、第一章とキャラクター設定を読み込んで描いてくださったメインふたりはイメージぴったりで感激いたしました。サカノ様の細やかな気づかいや仕事に前向きな姿勢を見るたび、私も頑張って書こうと思います。本当にありがとうございました。

そして最後に、この本を手に取ってくださいました読者の皆様、心より感謝申し上げます。

恋愛小説でありながら、結婚って必要なの？　と平気で口にしてしまう女の子のお話です。作品の世界観的にどうしても結婚となると女性が男性の生活に合わせがちですが、男性が女性に合わせたっていいじゃないか、むしろお互いに変化を楽しめるのが一番なんじゃないか、と思って書きました。人生って大なり小なり変化の連続だから。変わってしまう過去を振り返って惜しむことも大事だけど、変わった先の未来を楽しみにできたらもっといい。そう感じていただけたら、とてもとても嬉しいです。

ではでは、次の作品でお目にかかれますことを、心よりお祈り申し上げております。

秋杜フユ

※この作品はフィクションです。実在の人物・団体・事件などにはいっさい関係ありません。

この作品のご感想をお寄せください。

秋杜フユ先生へのお手紙のあて先

〒101―8050東京都千代田区一ツ橋2―5―10
集英社コバルト編集部　気付
秋杜フユ先生

あきと・ふゆ

2月28日生まれ。魚座。O型。三重県出身、在住。『幻領主の鳥籠』で2013年度ノベル大賞受賞。趣味はドライブ。運転するのもしてもらうのも大好きで、どちらにせよ大声で歌いまくる迷惑な人。カラオケ行きたい。最近コンビニの挽きたてコーヒーにはまり、立ち寄るたびに飲んでいる。

商人《あきんど》令嬢と猫かぶり王子

結婚？　興味ありません

COBALT-SERIES

2018年4月10日　第1刷発行

★定価はカバーに表示してあります

著者　秋杜フユ
発行者　北畠輝幸
発行所　株式会社 集英社
〒101－8050
東京都千代田区一ツ橋2—5—10
電話　【編集部】03-3230-6268
【読者係】03-3230-6080
【販売部】03-3230-6393（書店専用）

印刷所　凸版印刷株式会社

ISBN978-4-08-608065-1 C0193

好評発売中 コバルト文庫
弱いと女王に…！？
最弱最強ヒロイン♥
最強種族「亜種」の国の民は、
脆弱な王女を愛でるのが大好き。
弱い者を女王に据える慣習だが、
なぜか王女は頑なに
王位を拒んで!?
うちの殿下は
見事な脆弱さと
驚きのどんくささを持つ
素晴らしい女性《ひと》です
最弱王女の奮闘
秋杜フユ
イラスト／明咲トウル